博多豚骨ラーメンズ12

木崎ちあき

イラスト／一色 箱

JN075463

「おや、どうしました?」
SBC
佐伯美容整形
クリニック

博多豚骨ラーメンズ 12

HAKATA TONKOTSU RAMENS

始球式

今夜の福岡《ふくおか》ドームは超満員だ。レプリカユニフォームを身にまとった観客でひしめき合う場内には、日本人だけでなく、外国人の姿も見受けられる。いつにも増して賑《にぎ》やかなものだった。トランペットが奏でる選手の応援歌。メガホンを叩《たた》く音。一投一打に沸く歓声やため息。

そして——

「ああ、もう！　なんでそんな球振るとよ！」

隣の席で野次を飛ばす男。

「完全なボール球やんかぁ！」

林憲明《リンシエンミン》はため息をついた。うるさすぎて耳がどうにかなりそうだ。

「……これなら、家で観戦してた方がよかったな」

ぼそりと呟《つぶや》いた林に、馬場善治《ばんばぜんじ》が顔を覗《のぞ》き込《こ》みながら尋ねる。「どうしたと、リンちゃん。試合つまらん？」

十一月の上旬から開催されるプロ野球の国際大会。現在はその予選ブロックの最中で、初戦の相手はメキシコ代表。グループ内で随一の強豪である。

初戦のチケットが取れたと喜ぶ馬場善治の付き添いで来てみたはいいが、どうにも気分が乗らなかった。「いや、そういうわけじゃねえけど」

「大丈夫、大丈夫。もうすぐ点が入って面白くなるけん」

「だから、そういうわけじゃねえって」

観戦がつまらないわけじゃない。ただ、自分の肌に合わないことが多いのだ。酷《ひど》く騒がしいし、人が多い。ゆっくり落ち着いて飲み食いできない。トイレに行列ができる。おまけに、選手の姿が遠すぎる。

ふと疑問に思い、林は尋ねた。

「なあ、お前は楽しいわけ？　こんな豆粒みたいな大きさの選手眺めてさぁ。これならテレビの方がよく見えるんじゃねえの？」

「まあ、そうかもしれんね」馬場は苦笑した。「でも、現地でしか見れんこともあるやん」

「チアガールとか？」

女目当てかよ、とからかう。

「いやいや、そうやなくて。練習の風景とか、選手の掛け声とか」

「試合中の全体の動きとか？」

「そうそう。勉強になるやろ？」

「たしかに、プロの動きは違うわ」

林は頷《うなず》き、ショートを守る選手に注目してみた。身体能力を生かした広い守備範囲に、素早い状況判断。打球が転がってから一歩目を踏み出すのも、球を捕ってから投げるまでも、びっくりするほど速い。素人が見てもレベルの高さがわかる。

「前から思ってたけどさ、グローブでボールを捕る音って、ちょっと発砲音に似てるよな」

林の発言に馬場が笑う。「言われてみれば、そうかも」

「気が休まらねえよ」

結局、1回裏はノーヒットに終わった。イニングが終わり、日本代表が守備の準備を始めた、そのときだった。

「リンちゃん！　見てん！」

突然、馬場が大声を出した。

「俺たち、映っとるばい！」

「は？」

「ほら、あそこ！」

馬場が指差した先には特大のスクリーンがある。先程まで選手の情報やスコアボードを表示していた画面には、今ちょうど観客席に向けられたカメラの映像が流れていた。そこに、林と馬場の姿が大きく映し出されている。笑顔でカメラに向かって手を振る馬場と、きょとんとした顔をしている自分。

「馬鹿、やめろ！」

林は慌てて止めに入った。馬場の腕を掴《つか》み、力ずくで下ろさせる。

馬場は口を尖《とが》らせた。「なんでよ」

「なに暢気《のんき》に手振ってんだ、馬鹿かお前は」

「そら振るやろ、せっかく映っとるっちゃけん。……あ？　なんね、リンちゃん。恥ずかしがっとーと？」

からかうような口調で言う男に、林は眉をひそめた。「お前、自分の本職忘れたのか？　殺し屋が全国ネットで顔晒《さら》しやがって」

呆《あき》れてため息をつくと、

「はいはい、気をつけます」

林の小言を聞き流し、馬場はグラウンドに視線を向けた。テレビで観戦しているときよりもテンションが高い気がする。現地での観戦、加えて、国際大会というお祭りに浮かれきっているようだ。「あの選手が使っとるグローブ、かっこよかぁ」とか「リンちゃん、見てん！　マスコットがこけたばい！」とか、事あるごとに、まるで少年のように目を輝かせている。そんな彼の楽しげな顔を見ているうちに、文句を言う気も失《う》せてしまった。

ちょうど、近くの通路を売り子の若い女が通りかかった。

「あ、すんません」林は手を上げて呼び止め、注文を告げた。「ビールふたつ、ください」


本日貸切《かしきり》。

バー【Babylon】の扉に掲げられた札には、その四文字が記されていた。

店の中では、日本代表のユニフォームを着た店主のジローが常連客に酒を振る舞っている。草野球チーム『博多《はかた》豚骨ラーメンズ』のメンバーが、各々飲み物を片手に野球中継を見守っていた。

彼らの視線の先には大型のスクリーン。この日のために用意したものだ。店で観戦したいというマスターの思い付きにより、店内はすっかりスポーツバーのような雰囲気になっている。

1回裏、日本代表の攻撃は三者凡退で終わった。

イニング間の攻守交替はちょっとした休憩時間のようなものだ。トイレに立つ者もいれば、新しい飲み物を注文する者もいる。

ドリンクを作りながら、

「――あら、まあ！」と、不意にジローが声をあげた。「あの二人、テレビに映ってるじゃない！」

客席を捉えたカメラに、チームメイトである馬場と林の姿が映っていた。

「あ、ほんとだ」

「馬場さん、いい笑顔っすね」

「はは、林の奴、焦ってやがる」

チームのメンバーで、二遊間を守る馬場善治と林憲明は、今日ここには来ていなかった。現地観戦するとは聞いていたが、まさかカメラに抜かれるとは。

「そういえば、初戦のチケットが取れたって喜んでましたね、馬場さん」

「最近野球に飢えてたからなぁ、あいつ」

カメラに向かって笑顔で手を振る馬場を見つめながら、

「そういえば」と、ジローが何やら思い出す。「大会の決勝戦の日って、ちょうど馬場ちゃんの誕生日じゃない？」

現在行われている総当たり戦の第1ラウンドにて、日本チームが良い成績を収めることができれば、次のラウンドへ進出する権利を得られる。第2ラウンドは決勝トーナメントになっており、準々決勝、準決勝、決勝と勝ち進めば、世界一の称号を手にすることになる。

決勝戦の日程は十一月二十二日。偶然にも馬場の誕生日と同じ日だ。

「あいつの誕生日に、日本代表の優勝が決まるのか」

「おめでたいわぁ。最高の祝勝会になりそうね」

「反省会にならないといいけど」

盛り上がるナインを尻目に、佐伯《さえき》はカウンター席に移動した。スツールに腰かけてから、烏龍茶《ウーロンチャ》のお代わりを注文する。

　すると、榎田《えのきだ》が隣に座り、声をかけてきた。「佐伯先生は飲まないの？」

「ええ。明日は手術があるので、今夜はノンアルコールで」

「へえ、大変だね」

　患者の大事な顔にメスを入れる責任重大な仕事だ。手術の前に酔っ払うわけにはいかない。前日は酒を控えるようにしている。

「先生って本当に仕事熱心よねえ」カウンターの中で洗い物をしながら、ジローが話を振ってきた。「頑張り屋さんだわぁ」

「僕はただ、患者さんの喜ぶ顔が見たいだけですよ」

　ジローが「まあ、素敵」と感激している。綺麗事《きれいごと》を言ったつもりはない。これは佐伯の本心だった。

「美容整形も身近になってきて、最近は男性のお客さんも多いんだよね？」榎田が尋ねた。

「そうですね、増えてきたような気がします」佐伯は頷いた。「メスを入れる手術だけじゃなくて、いろいろな目的の方がいらっしゃいますから」

「オレの店の奴らも結構行ってるらしいっす」ボックス席にいた大和《やまと》が話に入ってきた。「ニキビ治療とか髭《ひげ》の脱毛とか、いろんなことできるみたいで」

「へえ、そうなのか。俺も行ってみようかな」

「さすがにハゲ治療は対応してないんじゃない？」

榎田の言葉に、マルティネスが眉をひそめる。「おい」

「AGA治療をやっているクリニックもありますよ」

「おい」マルティネスは顔をしかめ、頭を指差した。「あのなぁ、これは剃《そ》ってんだって言ってるだろ」

試合が再開し、２回の表が始まった。日本代表のエースがマウンドに上がる。投手の顔つきは真剣そのもので、日の丸を背負う覚悟とプレッシャーが画面越しにも伝わってきた。

アウトを取る度に、店の中では「よし！」「オッケー！」と歓声が上がる。固唾を呑《の》んで中継を見守るチームメイトの姿を微笑《ほほえ》ましく思う。

——まさか、またこうして野球に触れることになるとは思わなかったな。

昔を振り返りながら、佐伯は烏龍茶を呷《あお》った。

1 回表

「――佐伯先生、ちょっとよろしいですか？」古参のスタッフが、どこか深刻そうな顔で診察室を覗き込んできた。

作業の手を止め、佐伯は彼女に顔を向けた。「どうしました？」

「十一時の予約の野田《のだ》さんが、まだ来られないんです」

佐伯は壁の時計を一瞥《いちべつ》した。現在の時刻は午前十一時二十分。予約時間を大幅に過ぎている。

「……たしかに、ちょっと遅いな」

眉をひそめ、呟く。

患者が時間通りに現れないというのは、なにも珍しいことではない。特に美容整形においては、「予約してみたが、いざ当日になってみると怖くなって来院しない」というパターンが多いものだ。こういう事態には佐伯も、心身的あるいは経済的な何らかの事情によって来られなくなった患者の気持ちを汲《く》み取《と》り、あまり深刻には捉えていなかった。

しかしながら、今回のケースは違う。

患者の野田直美《なおみ》の施術はすでに完了している。今日の診察は単なる術後の経過観察だった。今さら来院を躊躇《ためら》う理由が見当たらない。

「電話はかけてみました？」

「はい、何度も。ですが、電源が入っていないようで……」

「それは妙ですね」

少し心配だ。とはいえ、これ以上こちらができることはない。

「とりあえず、もう少し待ってみましょうか。単なる寝坊とか、電車が遅延してる可能性もありますし」

「そうですね」スタッフが頷いた。「来られたらお呼びしますので、先生は休憩されてください」

「うん、ありがとう」

早めの昼食を取ろうと、佐伯は診察室から自身のオフィスに移動した。

今日の昼食は、クリニックの付近にあるパン屋で購入したサンドイッチだ。エスプレッソマシンで淹《い》れたコーヒーとともに味わう。

十一月も中旬に差し掛かり、いよいよ寒さも本格的になってきた。温かいコーヒーが身に染みる。

そういえば、そろそろ野球の国際大会の第2ラウンドが始まる頃合いじゃないだろうか。ふと、そんなことを思い出した。最近は忙しくて、試合結果を確認する暇がなかったが。

佐伯はデスクに着き、パソコンの電源を入れた。ネットの画面を開く。トップページにニュースの一覧が表示された。世界野球についての記事もいくつかアップされている。『日本代表、予選リーグ一位通過決定。決勝トーナメント初戦の相手はベネズエラ』――そんな見出しを見つけた。我が国はどうやら無事に第2ラウンドへと進むことができたようだ。日本野球のレベルの高さを改めて感じる。

コーヒーを片手に一通りニュースに目を通していたところ、気になる見出しが佐伯の目に留まった。福岡市外で発生した電車の人身事故についての記事。先週、特急列車と衝突して女性が死亡する事故が起こっていたらしい。その死亡女性の身元が、今になってようやく判明したと報じられている。

遺体の身元は、福岡市在住の二十代女性。

氏名は野田直美、と書かれている。

その一文に、佐伯は思わず目を見開いた。

野田直美――患者の名前と同じだ。今日の十一時にこのクリニックに来院する予定のはずの。

まさか、と呟きが漏れる。

身を乗り出し、画面に顔を寄せる。ニュースの続きを目で追う。警察の調べによると、女性が線路に侵入する姿が目撃されていることから、自殺を図った可能性が高いと考えられている――という。

「……自殺？」

その単語に、佐伯は安堵《あんど》を覚えた。

別人だという確信が心の中に芽生える。ただの同姓同名の女性の話だろう。患者本人のはずがない。だって、彼女には自殺する理由がないのだから。

パソコンを閉じようとした、そのときだった。

「せ、先生！」

スタッフがオフィスに駆け込んできた。酷く慌てた様子だった。手には固定電話の子機を握り締めている。

「どうしました？」

尋ねると、彼女は声を震わせて答えた。

「け、警察の方から、お電話が……」


「……おい、馬場」

ソファに座って寛《くつろ》いでいる男を睨《にら》みつけ、林は低い声で問《と》い質《ただ》した。

「お前、俺のシャンプー使ってるだろ？」

「シャンプー？」馬場は惚《とぼ》けた顔で首を傾《かし》げている。「いや、使っとらんけど」

白々しい奴だ。林は眉根を寄せた。

「嘘吐《うそつ》くんじゃねえ。明らかに量が減ってんだよ」

「えー、気のせいやないと？」

林は馬場の髪の毛を掴んだ。やけに手触りが良《い》い。「じゃあ、なんでお前の髪がこんなにサラサラなんだ？　あ？」

「痛たたた、痛い、リンちゃん離して」

「このバンバカが！」

怒鳴り、摑んだ髪の毛を強く引っ張る。

馬場が涙目になった。「痛い痛い、禿《は》げるって」

「白状しろ、使ってんだろ」

「使ってます使ってます、こないだから使ってます」

「なんで自分の使わねえんだよ」

「切らしとるっちゃもん」馬場は口を尖らせた。「ちょっと借りただけやん。リンちゃんケチかぁ」

「俺のシャンプーはな、お前が使ってる市販のやっすいヤツとは違うんだ。サロン専売の高級品をわざわざ取り寄せてんの。お前のボサボサ頭に使っていい代物じゃねえんだよ」

厳しく責め立てる林を前に、馬場は困り顔で縮こまっている。「ご、ごめんって。そげん怒らんでよ」

「切らしてんなら、石鹸《せっけん》で洗え」

「キシキシするやん」

「だいたいお前、こないだも俺の化粧水を勝手に――」

「あっ！」

林の言葉を遮るように、馬場が唐突に叫んだ。携帯端末を取り出し、慌てた様子で立ち上がる。「榎田くんから呼び出しやん！　はよ行かな！」

絶対嘘だ。わかりやすい。

「おい、こら待て！　話はまだ終わってねえ！」

「んじゃ！」無視し、馬場はダウンジャケットを羽織った。「行ってきまーす！」

事務所のドアが閉まった。その場がしんと静まり返る。

「……ったく」

ひとり残され、林は舌打ちをこぼした。

あの野郎、逃げやがった。

気が収まらない。スマートフォンを取り出し、馬場にメッセージを送る。『次また俺のシャンプー使いやがったら、マルとお揃《そろ》いの髪型にしてやるからな』――これだけ脅しておけば、さすがに利くだろう。

事務所のドアが開いたのは、その直後のことだった。

「なんだ、忘れ物か？」

馬場が戻ってきたのかと思ったが、違った。

　そこにいたのは、白衣姿の男。

　佐伯だった。

　意外な客人に驚く。「お、先生だったか」

　林は客を迎え入れた。応接用の席に案内し、テーブルの上にコップを置く。中には透明の液体が入っている。「今コーヒー切らしてて、水しかないんだ。悪いな」

「いえ、お構いなく」

「馬場に買ってこいって頼んでたんだけど、あいつ完全に忘れてるみたいでさ」

　愚痴をこぼしながら向かい側に腰を下ろすと、

「馬場さんは留守ですか？」

　と、佐伯が事務所を見渡しながら尋ねた。

「ああ。ついさっき出掛けた」

　馬場に会いに来たのだろうか。だとしたらタイミングが悪かった。入れ違いになってしまった。せっかく来てもらったのに悪いな、と内心申し訳なく思う。

「それにしても珍しいよな、あんたがここに来るなんてさ。馬場に用事でもあったのか？」

　林は話を切り出した。

「実は、お願いしたい仕事がありまして」

「仕事？　どんな？」

「ある女性について調べてほしいんです。林くんさえよければ」

馬場は不在だが、自分なら手が空いている。特に断る理由もない。

「まあ、俺でいいなら」林は身を乗り出した。「で、誰を調べりゃいいんだ？」

「彼女です」

と言い、佐伯がテーブルの上に写真を並べていく。全部で三枚ある。どれも、若い女性の顔が写っていた。真正面から撮ったものが一枚と、左右の横顔を撮ったものが一枚ずつ。

「誰？」

「僕の患者さんです」答えた直後、佐伯は言い直した。「……でした、と言うべきでしょうか」

含みのある発言に、林は眉をひそめた。「死んだのか？」

「ええ」佐伯が頷いた。「おそらく」

「おそらく？」

妙なことを言う。いったいどういう意味だろうか。林は佐伯を見据え、彼の話に耳を傾けた。

「彼女の名前は野田直美です。詳しい情報は、本人に記入してもらったものがあります。これを見てください」

佐伯が数枚の紙を林に手渡した。問診票のコピーだった。一枚目には、患者の氏名や生年月日、住所、連絡先、職業などの個人情報が記載されている。

年齢は二十六歳。福岡市博多区在住で、職業は派遣社員とある。

二枚目以降には持病やアレルギー、服用中の薬の有無などを確認する項目がずらりと並んでいた。ざっと目を通した限り、特に病歴もなく、健康な成人女性であることが窺《うかが》える。

問診票の最後には、カウンセリングを受けたい部位を問う欄がある。要するに、自分の体の気に入らない箇所、ということだ。目、鼻、口、顎、それから胸など、ありとあらゆる項目の『□』に『✓』の印が入っている。

「コンプレックスが強そうな患者だな」

と、問診票に目を通した林は感想を漏らした。

「小さい頃からずっと、自分の容姿が嫌いだったそうです。カウンセリングの際に泣きながら話してくれました」

施術前の写真を一瞥し、林は首を捻《ひね》った。「別に、泣くほど酷い見た目とは思えないけどなぁ」

「ええ。ですが、本人にしかわからないんですよね、こういった苦しみは」

「そういうもんなの？」

「容姿を否定する発言は、強い呪いみたいなものなんです。言った本人が本気でなかったとしても、言われた人間の心に深い傷を作ってしまう。永遠にその言葉に囚《とら》われてしまう。たとえそれが、傷つける意図がなかったとしても」

佐伯は複雑な表情で話を続ける。

「ある患者さんは、小学生の図工の授業で自画像を描くことになって、そこで教師に言われたそうです。『あなたの顔は左右対称じゃない。右目が小さくて細い。もっとよく観察して描きなさい』って。先生の手で絵に修正まで入れられて。それ以来、自分の顔が嫌いになったと言っていました」

林は「なるほどな」と唸《うな》った。どんな些《さ》細《さい》な一言がきっかけになってしまうかわからない。難しく、繊細な問題だ。

「野田さんの場合は、幼い頃に受けた母親の発言が原因でした。『あんたは妹と違って不細工だ』と言われて。それからずっと、彼女はその呪いに苦しみ続けてきた」

カウンセリングの結果、二重埋没に目頭切開、眉下リフト、人中短縮、ヒアルロン酸注入に豊胸手術を行うことになった。要するに、目を綺麗な二重にして鼻を高くして唇を分厚くして顎先をシャープにして、おまけに胸を大きくしてほしい、というのが患者の希望だということらしい。

「もちろん、手術自体は上手《うま》くいったのですが……」

「なにかあったのか？」

「それが……」

佐伯が言葉を詰まらせた。

「……自殺、したんです」

術後の経過観察のために来院する予定があったのが、患者は予約時間になっても現れなかった。いったい何があったのだろうかと患者の身を案じていたところ、佐伯はある事件を知った。列車に飛び込み自殺を図った女性。その遺体の身元が、佐伯の患者——野田直美本人であることが判明したという。

「は？　自殺？」

「警察から確認の電話がありました。クレジットカードの履歴を調べたら、うちの支払いの記録が残っていたそうで」

念のため、患者に関する一通りの証拠の提出を求められたものの、警察の見立てでは自殺で間違いないという。

しかしながら、どうにも納得のいかない話だ。林は尋ねた。「でもさ、顔が綺麗になったんなら、死ぬ必要はないよな？」

「そうなんです」と佐伯も強く同意する。「どう考えても、自殺する理由がないんですよ」

手術は上手くいった。患者の希望通りの容姿になったはずなのに。どうして命を絶つような真似《まね》をしたのだろうか。

「だけど、それでも、本当に自殺だったとしたら……」

佐伯は表情を曇らせた。

「考えすぎだということはわかっているんですが……まるで、僕のせいで死なせてしまったように思えてしまって……」

そう考えてしまうのも無理はないだろう。偶然にしては自殺のタイミングが悪すぎる。整形手術を施した直後に、患者に死なれるなんて。

「たしかに、これは寝覚めが悪いな」

本当に自殺だったとしたら。患者は自分の顔が気に入らず、絶望し、死を望んだのかもしれない。佐伯はそんな風に考えているようだ。本人の言う通り考えすぎだとは思うが、その可能性がゼロというわけではない。

自殺の理由がはっきりしない限り、きっと佐伯はいつまでも自身を責め続けてしまうだろう。

「どうしても、知りたいんです」佐伯は強い口調で告げる。「どうして、彼女は自殺したのか、いったい彼女の身に何があったのか、知りたいんです」

お願いします、と深く頭を下げる。

「彼女のこと、調べてもらえないでしょうか」

1回裏

いつものカフェに、いつもの男。プラチナブロンドのマッシュルームヘアがパソコンを弄《いじ》っている姿はお馴染《なじ》みの光景だ。馬場が向かい側の席に腰を下ろすや否や、榎田は挨拶もなく本題に入った。

「いろいろとわかったよ。例のリストについて」

例のリスト――別所暎太郎《べっしょえいたろう》の一件である。

因縁の殺し屋に止《とど》めを刺したあの日、手掛かりとして彼が言い残したのは、馬場の義父を含めた四人の名前だった。

バンバカズヨシ。

ツカダオサム。

ソネトシアキ。

カトウリュウイチ。

この四名全員が、何者かの命令を受けた別所によって暗殺されている。

榎田に依頼して彼らについての情報を集めてもらっていたのだが、「結構大変だったよ」と有能な情報屋は珍しく愚痴を漏らした。

「このツカダって男は前科があって、公文書偽造罪で逮捕されてた。重松《しげまつ》さんに紹介してもらった二課の刑事から聞いたんだけど、昔は地面師グループとつるんで大きな仕事をしてたらしい」

「つまり、ただの詐欺師ってこと？」

「主犯格ではないけどね。この男は小道具係。書類とか身分証とかを偽造して稼いでたんだってさ」

「なるほど」

一通り報告を聞いたところで、

「ありがとね、榎田くん」馬場は礼を告げ、椅子から腰を上げた。「ここからは、俺ひとりで調べる」

これ以上付き合わせると危険に巻き込んでしまう可能性もある。彼に迷惑をかけるわけにはいかない。

「そう言うと思って、詳細はこっちにまとめといた」

榎田がにやりと笑い、紙の束を手渡してきた。何でも首を突っ込んでくるように見えて、本当に踏み込んでほしくないときは（表面上は）引き下がってくれる。彼のこういうところは、仕事相手としても友人としても気に入っている。

馬場は笑みを返した。「話が早かね」

四人分の資料を受け取り、馬場は榎田と別れた。ビルを出て、コインパーキングへと向かう。駐車している愛車のミニクーパーに乗り込むと、受け取った資料に軽く目を通した。四人の男について、個人情報から交友関係、死亡した事件の概要まで事細かに記されていて、友人の仕事ぶりに感心せざるを得なかった。

四人の死に様はそれぞれ異なっていて、馬場一善《かずよし》の事件を除く三件はすべて事故や自殺として処理されている。つまり、そう処理されるように偽装したのだ。あの殺し屋の手際の良さが窺える。

馬場は呟いた。「さすがは、殺人請負会社《マーダー・インク》の元社員やね」

今回の福岡出張の目的は二つあった。

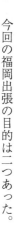

一つは、新たに建設された自社ビルの視察。福岡に到着するや否や、グエンは真っ先に現地を目指した。空港からタクシーに乗り込み、百道《ももち》方面へと向かう。

真新しいオフィスビル。社員証を翳《かざ》すとロックが解除され、ドアが開いた。エントランスにはいくつかの観葉植物と、色鮮やかな熱帯魚が泳ぐ水槽が並んでいる。外観も内装も黒で統一されていて、スタイリッシュで都会的な雰囲気だ。

さっそく奥へと足を踏み入れる。エレベーターの前で待っている人物がいた。

「本社から来た方ですね？」

小太りの男が笑顔でグエンを出迎えた。腹が出ていて、今にもスーツのボタンが弾《はじ》けそうな、中年の男だ。

「どうもどうも、はじめまして、福本《ふくもと》と申します」

「グエンです」頷き、手を差し出す。「よろしくお願いします」

「遠いところ、ようこそいらっしゃいました」

男と握手を交わす。

福本はこの会社の福岡支社をまとめている男だ。今回のオフィス移転計画の責任者でもある。

「どうですか、移転の準備は？」

首尾を尋ねると、福本は目尻を下げて答えた。「順調に進んどりますよ。昨日、社長室用の家具が届きました。社員のデスクも発注済みです。まあ、来月には事業も再開できるでしょうな」

「そうですか」

それはなにより、と笑顔を作る。

グエンが所属する会社【マーダー・インク】は、東京に本社を置く殺人請負会社である。ところが、上層部が警視庁と揉《も》めたこともあって、最近東京での商売がやり辛《づら》くなっていた。

そこで、比較的土地の安い福岡に自社ビルを所有し、拠点を移すことを画策しているというわけだ。

「どうぞ、こちらへ」

福本の案内に従い、エレベーターに乗り込む。グエンはひとつひとつフロアを見て回った。オフィスに休憩室。トイレ。喫煙所。ざっと見た限り、特に問題はなさそうだった。

最後に向かったのは、ビルの最上階にあるという社長室。フロア全体が一つの部屋になっていた。扉は暗証番号と生体認証の二重ロック。部屋の中はまるで高級ホテルのスイートルームのような雰囲気である。

「社長室は特別仕様でしてね、この奥には密談用の小部屋があって、盗聴できない作りになっとります。もちろん、窓は防弾の強化ガラスですし、外からこっちが見えんようになっとる。家具はすべて指定通りのブランドで揃えました」

「指定というのは、社長の？」

「いえいえ。副社長の指示です」

「……なるほど」

福本はリモコンを手に取り、ボタンを押した。自動でブラインドが上げ下げできるようになっている。かなり金が掛かってるな、と思う。

「ここは空港からだいぶ離れとるけん、周囲にも高層ビルが多かとですよ。ご覧ください、この景色。向こうに見えるのが福岡タワーです。良い眺めでしょう？」

「ええ、そうですね」

街並みは洗練された美しさで、遠くには海も見える。今日は天気も晴れやかで、たしかに悪くない景色なのだが――グエンの胸の内は晴れなかった。

「……ところで」

不意に、福本が声を潜めた。

「あの噂《うわさ》、本当なんです？」

「噂？」

「リストラですよ、リストラ」柔和な笑みを浮かべていた男の顔が、険しい表情に変わる。「最近、社員の数が減っとるらしいやないですか」

大規模なリストラが敢行されている、という噂は、どうやら西の端にある福岡支社まで届いてしまっているらしい。グエンには「さあ、どうでしょうね」と言葉を濁すことしかできなかった。

福本は表情を崩し、明るい調子で返した。「はは、俺も首が涼しかぁ」

たしかにリストラの話は浮かんでいるが、グエン自身にもこの会社がどうなるかはわかっていない。ただ、大きな転換期を迎えていることだけは確かだった。今の派閥争いの結末によっては、会社の事業そのものががらりと変わってしまうことだって考えられる。

グエンは腕時計を見遣《みや》った。そろそろ時間だ。

「もうすぐ会議が始まりますね」

グエンの言葉に、福本が頷く。「会議室は、この下の階です」

「行きましょう」

今回の出張の、もう一つの目的。それは、この会議に出席することである。

鏡に映る自分の顔は、酷いものだった。

この世の終わりを迎えたような重苦しい気分になり、野田直美は顔をしかめた。表情筋を少し動かすだけでも激痛が走ってしまう。

整形手術を終えた翌日。顔面はまるで試合直後のボクサーみたいに腫れ上がっている。所謂《いわゆる》ダウンタイムというもので、こうなることは予《あらかじ》め説明されていた。

この顔は今だけだ。腫れが引けば綺麗になる。そうわかってはいるのだが、あまりの酷さに不安になってしまう。

大丈夫。腕のいい先生だって評判の人にやってもらったんだから。心配いらないはず。鏡を見つめながら、自分に言い聞かせる。

「これからは、大丈夫」

呟き、過去を振り返る。思えば、なにも良いことのない人生だった。ずっと家族に足を引っ張られ続けてきた。アルコール依存症の父親に、変な宗教に貢いでばかりの母親。そして、男にだらしない妹。

縁を切ってしまいたかった。だから、家を出て、働いて、お金を貯《た》めて。家族に邪魔されながらも、十年かけてようやく摑んだ夢だった。

直美は目を閉じた。未来の自分の顔を想像しながら、数百万を払って得た幸福感に浸る。

ついに完璧な美人になれる。自分の理想の、美しい顔に。もう鏡を見る度に落ち込むこともなくなる。

ようやく、生まれて初めて、自分を好きになれる。

「これでやっと、綺麗な顔になれる」

直美は呟き、指先で頰をそっと撫《な》でた。

2回表

「顔がグチャグチャだ」

と、重松が眉をひそめながらタブレット端末を手渡してきた。画面には死体の画像が表示されている。検視の際に撮影されたものだ。

それを一目見て、林も同じように顔をしかめた。「うわ、酷いな」

女の死体。肉体は辛《かろ》うじて人間の形を保っているものの、顔は完全に潰れてしまっている。職業柄、これまで様々な死に方をした人間を見てきたが、轢死体《れきしたい》は初めてかもしれない。殺し屋の自分でさえも目を逸《そ》らしたくなるほどの状態だ。

「四肢の一部も切断されてる。車体の下に巻き込まれて、しばらく引きずられたって話だ」と、重松は補足した。壮絶な最期だったことが窺える。

野田直美の自殺の理由を探る——佐伯の依頼を引き受けることになった林は、まず刑事の重松に連絡を入れた。警察が摑んでいる情報を知るためだ。急な頼みにもかかわらず、気前のいい友人は余所《よそ》の所轄から事件の捜査資料を取り寄せ、こうしてわざわざ馬場探偵事務所まで届けに来てくれた。

「この状態で、よく身元がわかったよな」

遺体の写真をまじまじと見つめながら、林は思った。たとえ家族に遺体の確認を頼んだとしても、この顔では判別がつかないだろうに。

「身分証を持ってたんだ。服のポケットに入ってた」重松が答えた。「次の画像を見てみろ」

言われた通りに端末を操作すると、被害者の所持品の写真が表示された。運転免許証が一枚のみ。小さなカードの中に、名前や生年月日、住所などの個人情報や証明写真が記載されている。

林は指で画像を拡大し、証明写真の顔を注視した。佐伯に見せてもらった患者の顔写真と、風貌が一致する。生年月日や住所も、問診票に記載されていたものとまったく同じだ。同姓同名の別人という線は完全に消えた。この免許証は調査対象者本人の所有物である。よって、轢死体は野田直美で間違いないだろう。

だが、ひとつ引っ掛かることがある。

「遺体の所持品はこれだけか？　免許証だけで、財布もスマホも持ってないっていうのは、ちょっと変じゃねえか？」

野田直美は自殺の直前、運転免許証だけを持っていた。その他には何も身に着けていなかった。そんなことがあり得るのだろうか。

「普通なら、な。だが、自殺するつもりでいる人間なら考えられないこともない。死後、自分の身元が不明のままにならないように、対策をした可能性もある」

重松の言いたいことは伝わった。「たとえば、保険金目当ての自殺とか？」

「そういうことだ。保険金とか借金とか、自分が死ぬことでメリットを得られるような状況なら、死んだことを証明しないといけないからな」

「野田直美に保険はかけられてたか？」

「さあ、わからん」

はっきりしない答えに、林は眉根を寄せる。「わからん？」

「そこまで調べる前に、捜査は打ち切られてる。目撃者がいるらしい。被害者が勢いよく列車に飛び込むところを見た、ってな。それも複数の証言がある。彼女が自らの足で線路に踏み込んだことは、紛れもない事実だろう」

「それで、自殺として処理されたってわけか」

事件性がないと判明すれば、それ以上捜査を続ける意味はない。警察が早々に引き上げるのは当然だ。

「この検視の資料、佐伯先生にも送っといてくれ」と、林は端末を重松に返した。

「ああ、わかった」頷き、重松がソファから腰を上げる。「それで、どうすんだ、これから」

林も立ち上がった。出掛けなければならない。「女の家を調べてみる」

幸い、免許証のおかげで住所は割れている。彼女の部屋を調べれば自殺の手掛かりが見つかるかもしれない。一縷《いちる》の期待を抱きながら、林は外出の支度を始めた。


顧客との待ち合わせ場所は大濠公園《おおほりこうえん》だった。ランニングをする人々とすれ違いながら、榎田は目的地へと歩いていく。

大きな池の真ん中に立つ浮見堂。その赤い柱に凭《もた》れ掛《か》かるようにして、男は待っていた。ジャケットにスラックスというセミフォーマルな格好で、シルバーフレームの眼鏡を掛けた若い男。どことなく胡散臭《うさんくさ》さを漂わせていて、自己啓発セミナーでも開いてそうな感じだな、と思う。

「——誰かと思えば」男に歩み寄り、榎田は声をかけた。「キミがボクに会いにくるとは思わなかったよ、新田巨也《にったなおや》くん」

フルネームを呼ぶと、彼は肩をすくめた。「こちらのことは、すっかりご存じのようですね」

新田巨也——以前、草野球の試合で対戦したことがある。ポジションはキャッチャー。試合で顔を合わせたことはあるが、こうして個人的に会うのは初めてだ。

「当然。対戦相手のデータは頭に叩き込んでおかないと」相手と向かい合い、にやりと笑う。「キミの配球、結構好きなんだよね。性格悪くて」

「はは、それはどうも」

新田は笑顔で受け流した。人のことを言える立場ではないが、どうにも食えない男だと思う。

「知り合いに『有能な情報屋を紹介してくれ』って頼んだら、あなたのことを教えてくれましてね」

顔は広い方だと自負してはいるが、彼との共通の知り合いといえば、思い当たる人物は限られてくる。

「今はシーズンもオフですし、一時休戦といきませんか？」

「別に構わないよ。ボクは誰彼構わず噛《か》みつくタイプじゃないから。キミんとこのエースと違って」

「返す言葉もありません」

「それで、ボクになにをさせる気？」

「そんなに身構えないでください。普通の仕事ですよ。ある人物について調べてほしいだけです」そう言って、新田は封筒を差し出してきた。「この中に、調査対象の写真と名前が入っています」

「……もしかして」封筒を受け取り、榎田は探るような口調で尋ねた。「キミが抱えてる殺し屋の、次の標的だったり？」

この新田という男は、裏では殺し屋向けのコンサルタント業で稼いでいる。そんな人間が自分に頼むことといえば、殺しのターゲットの情報以外に考えられない。

「まあ、そんなところです」

新田は作り笑いを浮かべ、曖昧に返した。

「その人物について、徹底的に洗い出してください。公私問わず。たとえば、過去に犯した罪とか、仕事で抱えているトラブルとか。最近ハマっている趣味のような、些細なことまで」

妙なことを依頼するな、と榎田は少し訝《いぶか》しんだ。暗殺目的なら、最も必要な情報はターゲットの行動パターンだろう。関係のないことまで調べさせて、いったいどういうつもりなのだろうか。

「わざわざ情報屋に高い金払って、そんなことまで調べ上げるなんて、ちょっと過保護すぎるんじゃないの」

「リスクヘッジは必要でしょう？　うちの大事なエースに、万が一のことがあってはいけませんからね」

話を切り上げ、「それでは」と新田が踵《きびす》を返《かえ》す。

立ち去る男の後ろ姿を見つめながら、榎田は呟いた。

「……ほんと、胡散臭い男だねぇ」

顧客の姿が見えなくなったところで、榎田は渡された封筒を開けた。中には一枚の写真が入っていて、その裏には標的の氏名が書かれていた。

さっそく住処《すみか》に戻ろうとしたところ、電話がかかってきた。相手はチームメイトからだった。通話に切り替え、応答する。「もしもし？」

『よう、キノコ。今、どこにいる？』

男の声が返ってきた。自分をそう呼ぶのは、一人しかいない。

運転免許証や問診票の記載によると、野田直美の住所は博多区とのことだった。

重松と別れ、林はすぐに目的地へと向かった。住吉《すみよし》にある古いマンション。その三階だ。とりあえず、インターフォンを押してみた。

しばらくして、扉が開いた。誰もいないはずの部屋から若い女が出てきたので、林は少しばかり驚いた。

「ここ、野田直美の部屋だよな？」

尋ね、相手を睨みつける。歳《とし》は二十代前半くらいか。茶色のロングヘアで、オーバーサイズのニットワンピースを着ている。

「あんた、誰だ？」

と訊《き》けば、

「妹ですけど……」女は林を睨み返した。「……あなたこそ、誰なんですか」

——妹？

そういえば、と思い出す。直美には妹がいると佐伯から聞いていた。たしか、直美は母親に『妹と違って不細工だ』と罵られていたという話だった。

「ああ、あんたが野田直美の妹か」

たしかに妹は美人だった。写真の直美と比べても、まったく似ていない。幼い頃からこの顔と比べられ続けたら、そりゃあ強烈なコンプレックスを抱いてしまうだろうな、と林は心中を察した。

「こっちはあんたの姉貴の同僚だよ」

一瞬どう答えるべきか悩んだが、ここは嘘を吐くことにした。その方が調査がスムーズに進むだろうと踏んで。

「……同僚、ですか？」妹が眉間に皺《しわ》を寄せる。

「そう。貸してたものがあったから、返してもらおうと思って。——ってことで、邪魔するぜ」

林は強引に部屋に押し入った。ずかずかと中へ進んでいく。

間取りはワンルームだった。狭い空間の中に、テレビとテーブル、パイプベッドがあるだけ。整然としていて、無駄のない、質素な部屋だった。

「あんたもびっくりしただろ、いきなり姉が自殺するなんて」

部屋を物色しながら声をかけると、

「……自殺じゃない」

と、妹が言葉を返した。

「姉が、自殺するはずがないんです」

クローゼットを漁《あさ》る手を止め、林は振り返った。妹に尋ねる。「どうしてそう言い切れるんだ？」

「姉さんは、私と約束してたから」

「約束？　何の？」

「そ、それは……お金を、貸してくれる約束で」やや歯切れの悪い答えだった。「とにかく、姉が自殺なんかするわけがないんです」

「だろうな」

という林の答えに、

「……え？」妹は目を丸めている。「信じてくれるんですか？」

「見ろよ、これ」

テーブルの上に置いてある化粧ポーチ。その中から口紅を取り出し、妹に向かって投げる。

妹はそれをキャッチし、首を捻った。「……リップ、ですか？」

「ああ。それ、先月発売された新作だ。しかも、すげえ人気で売り切れ続出」

急に何の話をしているんだ、と言わんばかりのきょとんとした表情で、妹が林の顔を見つめる。「それが、なにか？」

「わざわざ発売日に、店を数軒回って手に入れたんだろう。自殺するほどメンタル落ちてる奴が、そんなことできると思うか？」

「……た、たしかに」

部屋を調べてみて、すぐにわかった。ここは自殺するような人間が住んでいた場所ではないということが。部屋の所々に希望を感じられる。化粧品だけじゃない。クローゼットの中には買ったばかりのコートがあった。まだタグがついている。これから冬を迎える準備をしていた人間が、自ら命を絶つはずがないのだ。野田直美に自殺する気がなかったことは一目瞭然である。

——だったらなぜ、彼女は列車に飛び込んだのか。

考えられる可能性は、二つ。

「要するに、あんたの姉貴は急いで線路を渡ろうとして運悪く電車に轢《ひ》かれちまったか。或《ある》いは、死にたくないのにどうしても死ななきゃいけない状況にあったか、だ」

遺体の所持品に財布や携帯端末の類はなかった。だったら、この部屋に残されているかもしれないと期待していたのだが、結局見当たらなかった。いったいどこに消えたのだろうか。妹にも確認してみたが、彼女も知らないという。

他に役に立ちそうなものといえば、テーブルの上に置いてあるノートパソコンだけだった。中のデータを調べたら何かわかるかもしれない。

「これ、しばらく借りるぜ。今度の会議で使う資料、この中に入ってんだよ」

適当な言い訳をつけて、林はパソコンを持ち出した。妹の返事を待たずに部屋を出る。ここにはもう用はない。

「とりあえず、アイツんとこ持ってくか」

左手でノートパソコンを抱え、右手でスマートフォンを弄る。さっそく電話をかけると、相手はすぐに出た。『もしもし？』

「よう、キノコ。今、どこにいる？」

『大濠公園だけど』

「大濠？」

なんでそんな場所に。林は首を傾げた。

「……まあいいや。ちょっと調べてほしいことがあるんだ。いつもの場所で落ち合おうぜ」

2回裏

今回の福岡出張における最大の目的。それは、新事業の視察である。

午前十一時。真新しい会議室にメンバーが集まり、大きな楕円形《だえんけい》のテーブルを囲んだ。会議の参加者は、本社から視察に来たグエンと、福岡支社代表の福本。プロジェクト担当の社員が数名。

それから他に、社外の女性が一名いる。見たところ、年齢は四十代後半くらいだろうか。化粧が濃く、派手な見た目だ。ウェーブのかかった長い髪に、ボルドーのスーツを身にまとっている。どこぞの実業家のような堂々たる雰囲気で、担当者からは「不破《ふわ》様」と呼ばれていた。

――なるほど、彼女が不破雅子《まさこ》か。

名前は知っている。彼女は今回の新事業に多額の出資をしている重要人物で、誰も頭が上がらないそうだ。グエンも上の人間から「くれぐれもスポンサーの機嫌を損ねるようなことはするな」と釘《くぎ》を刺されていた。彼女がへそを曲げてしまえば、副社長肝煎りのこの企画が潰れてしまいかねない。

その新事業というのがいったいどんなものなのか、グエンには知らされていなかった。ただ、噂だけは聞いていた。革新派の副社長は、従来の殺人請負業ではなくエンタメ業へと力を入れたがっていると。

全員が集まったところで会議が始まり、

「前方のスクリーンをご覧ください」さっそく担当者が説明に入った。「先日行われたデモンストレーションを編集した動画です」

画面に映し出された映像を見て、グエンは言葉を失った。

殺し合いだった。

二人の男が刃物を振り回し、殺し合いをしている。それも、金網に囲まれたリングの中で。逃げ場はない。どちらかが死ぬまで戦いは続けられている。

「……すみません」グエンは挙手し、説明を求めた。「これはどういった状況なんですか？」

「新事業のデモ試合ですよ」担当者が答えた。

「試合？」

「簡単に言えば、殺し屋同士のトーナメント戦です。殺し屋を十人集めて、殺し合いをさせたんです。優勝者には賞金が出ます。今回はデモなので三千万円ですが、本番はもっと高額です」

「……なるほど」

上の連中が推し進めている新事業。その正体が見えてきた。殺しをエンターテインメントにして商売しようというわけか。悪趣味な金持ち向けに。

「観客は優勝者を予想し、好きな金額を賭けることができます」

このデモンストレーションはこれまでに数回行われ、その都度ルールやシステムをブラッシュアップしてきたようだ。最初は参加人数が三十人からスタートしたが、多すぎて時間がかかる、というスポンサーの意見により、徐々に人数が減らされてきたという。殺し合いを見て楽しむだけでなく、賭けの対象にしようと提案したのも、この企画の出資者である不破様だった。

「死体はどうやって処分を？」

「業者にまとめて引き取ってもらいました」

「この殺し屋たちは、どこから集めたんですか？」

「半分は公募です。もう半分は、うちの社員が参加しています」

なるほど、とグエンは気付いた。最近マーダー・インクの社員の数が減っていたのは、このせいか。リストラかと思っていたが、その実は殺し合いに強制参加させられていたというわけだ。

この会社、自分が思っていたよりヤバいとこまで来ているのかもしれない。グエンは心の中で顔をしかめた。

「今回の試合には、やけに腕の立つ男がいましてね。あっという間に決着がついてしまったんです」

映像が切り替わる。試合のダイジェストの模様。一人の男が忍者刀を振り回し、次から次に他の参加者を倒していく。パーカーのフードを頭に被《かぶ》り、口元を黒い布で覆った男。顔を隠しているが、グエンにはわかった。ふてぶてしい態度で監視カメラを睨みつけるその男が、いったい誰であるのかが。

猿渡《さるわたり》だ。

「……なにやってんだ、あいつ」

思わず声が漏れてしまった。

猿渡俊助《しゅんすけ》。マーダー・インクの元社員。北九州を拠点としているフリーランスの殺し屋。あの目つき。あの身のこなし。間違いない。元同僚のあいつが、どうしてこんな茶番に参加しているのだろうか。

まあ、あの男のことだ。暇つぶし程度の軽い動機なのかもしれないが、映像を見る限りでは暇つぶしにもならなかっただろう。圧倒的な格の違いを見せつけただけに終わっている。無傷のままの優勝だ。

「いかがでしょうか、不破様」

と、担当者がスポンサーの顔色を窺う。

映像が流れている間、不破は終始難しい顔つきで黙り込んでいた。意見を訊かれると、彼女は椅子にふんぞり返り、足を組み直した。

そして、口を開く。

「つまらないわね」

彼女は吐き捨てるように言った。

どうやらスポンサーのお気には召さなかったらしい。エンタメ事業部の担当者たちの顔色が青ざめている。

「……つまらない、ですか？」

不破は腕を組み、社員たちを睨みつけた。「あなたたち、これを見ていて楽しいと思う？」

担当者たちは愛想笑いを浮かべ、各々答えた。

「ええ、まあ」

「迫力があって、展開もスリリングで、良いんじゃないでしょうか」

「十分エンタメとして成り立つかと」

そんな彼らの言葉を無視し、

「そこのあなた」と、不破が急に指差したのは、グエンだった。「本社から視察に来た社員よね？」

「はい」突然指名され、内心戸惑ってしまった。「そうですが」

「あなたはどう思う？」

……いや、どうって言われても。

グエンは眉をひそめた。

試されているような気分だ。くれぐれも彼女の機嫌を損ねぬようにと上には言われているが、正直どう返すのが正解なのか読めない。

なので、ここは率直に答えることにした。

「どうって言われましても……まあ、何とも思わないですね。そもそも、俺は殺し屋なので、殺しを見たところで感情が動くことはありませんから」

内臓が露《あらわ》になった映像を医者が見たところで、「グロい」とも「面白い」とも思わないことと同じだ。

するると、

「そう、そうなのよ！」

と、不破が唐突に声を張りあげた。

なにが「そう」なのか、グエンにはわからなかったが、どうやら自分の回答は彼女の求めていた正解だったらしい。

「見なさいよ、彼らを。まるでスポーツの試合でもやってるみたいな表情だわ。殺し屋が殺し合ったところで、面白味がない。殺しに慣れすぎてるのよ」

殺し屋の殺し合いを見たいと言い出したのは、他でもないこの女なのだが――なんてことは、さすがに誰も口に出せなかった。

「殺されることへの恐怖。相手の命を奪ったことへの罪悪感。そういう絶望に満ちた感情が見たいのよ、観客は」

「つまり、どうすれば？」

「素人に殺し合いをさせるの。殺し屋じゃない、一般人に」

なんだか趣旨が違ってきてないか、とグエンはうんざりしたが、他の社員たちは大絶賛していた。「なるほど、素人ですか」「それは良い考えですね」と、連中はスポンサーの意見を肯定することしかできないでいる。

「それじゃあ、今週中にデモをやりましょう」

という不破の提案に、

「こ、今週？」担当者がぎょっとした。「そんな短期間で、人と場所を用意するんですか」

「できないの？」

「い、いいえ、問題ないです」

会議はこれにてお開きとなった。

鶴の一声とはまさにこのことだろう。長い期間をかけて準備をしてきた企画が、彼女のワガママと思い付きで却下され、まったくの別物になってしまった。お金を出してるのは私なんだから、と言われてしまえばそれまでだが、プロジェクトの担当者の内心は穏やかではないはずだ。さすがに気の毒になってしまう。

そんな感情を微塵《みじん》も表に出さず、担当者の社員たちは笑顔でスポンサーのお見送りをしていた。よくもまあ、そこまでご機嫌取りに勤《いそ》しめるものだ、と感心と呆れの混じった気持ちで眺める。

会議室に残されたグエンは、福本に尋ねた。「あのオバサン、いったい何者なんですか」

「不破雅子。医者ですよ」

会議室の片付けをしながら福本が答えた。

「医者？」グエンは眉をひそめた。「ただの医者が、うちの会社に出資を？　相当な金持ちなんすね」

「ええ、我が社の新事業に興味をもったみたいで。なんでも、人が死ぬ姿を見るのが趣味らしいですばい」

「へえ」グエンは嗤《わら》った。「医者のくせに」

仕事を終えると、佐伯は郊外へと車を走らせた。ここには知人が経営している火葬場がある。どんな死体でも秘密裏に処分してくれることから、裏社会のお得意様を多く抱えている業者だ。

そして、佐伯もそのお得意様の一人だった。死体屋と火葬業者。持ちつ持たれつの関係である。

駐車場に車を停《と》め、建物の中に入る。顔馴染みの社長が佐伯を出迎えた。「先生、ご足労いただきありがとうございます」

「いえ」佐伯は笑顔を返した。「こちらこそ、先日はありがとうございました。友人の頼みを聞いていただいて」

前に、訳あって刑事の重松を紹介することになったのだが、社長は「先生のご友人なら」と二つ返事で仕事を引き受けてくれた。刑事という職業から忌避されそうなものだが、それだけ自分を信用してくれているのだろう。

「それで、その死体というのは？」

佐伯が本題に入ると、

「こちらです」

と、社長が中に招き入れた。

今日、佐伯がここに来たのには理由がある。社長から相談を受けたからだ。気になる死体が届いたので視《み》てほしい、とのことだった。

社長の後に続いて火葬場の廊下を歩いていく。通路の奥に扉がある。そこから地下へと降りると、だだっ広い空間に出た。部屋の中は仄暗《ほのぐら》く、冷房が効いているようで少し肌寒い。

床には大きなビニールシートが敷かれ、その上に死体が並べられている。一、二、三――と佐伯が目視で数えていると、先に社長が口を開いた。

「全部で九体です。今朝、運び屋を仲介して送られてきました」

「匿名で、一度に九人ですか……それは少し気味が悪いですね」

「ええ。なにか妙な事件が起こっているんじゃないかと心配になりまして、佐伯先生に一度、視てもらおうかと」

佐伯は頷いた。「拝見します」

さっそく死体を観察していく。並べられた九人の死体は見たところ、まるでランダムに集められたような、特徴に統一感のない印象を受けた。男が七人で女が二人。年齢も、だいたい二十代から五十代くらいか。軍人のように筋骨隆々な者もいれば、普通のサラリーマンのような見た目の者もいる。職業もバラバラであるように見受けられる。

一体ずつ服を脱がせ、さらに詳しく検視する。どの死体にも傷が残っていた。それも、鋭利な刃物で刺されたような痕や、激しく殴られたような打撲痕が。体の一部が骨折している者もいる。傷の程度は各々違っているが、おおよそ死因は全員、失血死だと推測できるだろう。たとえば、何者かに暴行を受けた末に刃物で刺されて死亡した、そんなケースによって生まれる典型的な死に様なのだが——そう簡単には片付けられない気がした。

九人の死体に、佐伯は違和感を覚えていた。一体一体、個々の死体に注目すれば特に不思議はない。ところが、九人全員を俯瞰《ふかん》して見ると、妙な部分が浮かび上がってくるのだ。

「——どうでしょうか？」検視に没頭している佐伯に、社長が声をかけてきた。「なにかわかりますか？」

わかったが、わからない。そんな気分である。調べれば調べるほど不可解な死体だと思う。

「ちょっと、妙なんですよ」

佐伯は頷き、立ち上がった。

「傷口の大きさや形状が、それぞれ違っているんです」

「それは、凶器が複数あるということですか？」

「刃渡りや形状の違う数種類の刃物が使用されたとみて、間違いないかと」死体を指差し、説明を続ける。「便宜上、これらの死体を右から順に、ＡからＩとします。Ａ

とDの死体には同じ形の刺し傷があります。同様に、CとEにも別の刺し傷が残っている」

「つまり、それぞれ違う人物が殺害した死体で、それらがまとめて送られてきた、ということでしょうか」

「そういうことなら、話は単純なのですが」さらに妙なのは、ここからだ。「Gの死体を見てください。胸の傷はAやDと同じ形状で、腹部の傷はCとEの傷痕によく似ています。複数の刃物で刺されたようです」

社長は首を捻った。「それじゃあ、やはりこの九人は、同じ人物によって殺された？　……いいや、でも、わざわざ複数の凶器を使う必要があるんでしょうか？」

「拷問目的ならあり得るかと思いますが……どの死体も、急所を狙われているように見えます。致命的となる箇所への傷が多い。生かしておこうという意図は感じられませんね」

他に考えられるとすれば、複数犯による犯行だ。様々な武器を所持した連中に、この九人がまとめて殺された。どういうシチュエーションでそんなことが起こり得るのか、想像してみようにも思いつかない。

「写真を撮らせていただいても？」

社長が頷く。「ええ、もちろん」

「傷を詳しく調べれば、犯人の身長くらいは割り出せるかと」

携帯端末を取り出し、撮影モードを起動する。

「……いったい、彼らの身になにがあったんでしょうか」

死体にカメラを向けながら、佐伯は呟くように言った。


顔の痛みで目が覚めた。

昼寝をしている間に薬が切れたようだ。激痛がぶり返してきた。処方された鎮痛剤を飲んでも、なかなか痛みが引いてくれない。麻酔が効きにくい体質だと手術の際に医者にも言われた。顔の腫れは少し引いてはきたが、まだしばらくは辛《つら》い生活が続きそうだ。

憂鬱な気分で再びベッドの上に横たわる。激痛と倦怠感《けんたいかん》のせいで何もする気が起きず、野田直美はただぼんやりと天井を見つめていた。

暇を持て余し、ダウンロードした電子書籍を開く。今月発売されたばかりのコスメ雑誌。以前は、こういう雑誌を読むのが苦痛だった。どんなに良い化粧品を使ったって、どれだけ努力してメイクを練習したって、元が悪ければどうにもならない。料理人の腕が良くて、使っている調理器具が最高のものだったとしても、腐った食材では美味《おい》しい料理を作れるはずがないのだ。そんな現実を突き付けられているようで、心底嫌な気分になった。心を傷つけるだけだった。だから、嫌いだった。

だけど、今は違う。もう私は醜くない。もうすぐ綺麗になれる。雑誌に載っている話題のファンデーションも新色のアイシャドウも、まるで全部自分のためにあるように思えた。どれも欲しい、早くこの顔に使いたい。心の中が希望で満ちている。

そのときだった。不意に電話がかかってきた。相手は妹だ。上体を起こし、通話に切り替える。「もしもし?」

『もしもし、お姉ちゃん?』

今にも泣きそうな声だった。嫌な予感がする。こういう声のときの妹はいつも厄介事を抱えているものだった。

「どうかしたの?」

『……ごめん、ちょっとお金貸してくれないかな。絶対返すから』

いつものこと、よくある頼み。今までに何度もこう言われてきた。だけど、貸した金が返ってきたことは一度もない。

「いくら？」

『たぶん、二十万もあれば大丈夫だと思う』

二十万。簡単に言ってくれる。すぐに渡せるはずがない。自分だって整形手術の支払いがあるのだから。「そんなお金ないよ。なんで必要なの」

問い質すと、妹は黙り込んだ。

しばらくして、

『……実は、妊娠しちゃって』

か細い声が聞こえてきた。

直美は眉間に皺を寄せた。「……は？　妊娠？」

『ずっと気付かなくて、結構経《た》っちゃってて、あまり時間がないの。でも、今すぐ手術するお金がなくて……』

なにやってるの。馬鹿なの。いい加減にしてよ。

大声で罵ってやりたかった。

何とか罵倒の言葉を飲み込み、代わりに苛立《いらだ》ち混じりのため息を漏らした。低い声で尋ねる。「相手の男は？」

『妊娠したって言ったら、音信不通になって』

そう答えるや否や、妹が泣き出した。どうしよう、お姉ちゃん、助けて。涙声で訴えかけてくる。

妹が憎くて仕方がない。昔からそうだ。容姿に恵まれているくせに、変な男にばかり引っ掛かっていつもトラブルを起こす頭の悪さが、嫌いで堪《たま》らなかった。

だけど、見捨てることもできなかった。妹だって犠牲者なのだ。自分と同じ。私たち姉妹は、駄目な両親に虐げられてきた被害者。血の繋《つな》がった妹を簡単に切り捨てられるほど、冷徹な人間にはなれなかった。

「……わかった。何とかするから」

ありがとう、という涙声が返ってきた。

「もう二度と、迷惑かけないで」

冷たい声で言い放ち、直美は通話を切った。

深いため息がこぼれる。

ノートパソコンを開き、中絶手術について検索してみた。今、妹は妊娠八週目らしい。この期間は初期中絶に当たり、手術費用はだいたい十万から十五万円前後が相場だということが、ネットに書かれていた。

ところが、これが十二週を超えると、中期中絶となり費用は倍以上に膨れ上がってしまう。つまり、あと四週間、一か月以内に二十万円を稼がないといけないというわけだ。

産む、という選択はできないのだろうか。

一瞬そんなことを考えたが、直美はすぐに無理だろうと首を振った。あの妹が子どもの世話なんかできるはずがない。自分の生活もままならないのに。産み育てることになれば、私たちのような不幸な子どもを増やしてしまうだけだ。

さらにネットを調べていくと、NPO団体のホームページにたどり着いた。この世の中には、望まれない出産を支援する団体や養子縁組の手助けをする業者などが多数存在しているようだ。こういう場所を頼る方法も悪くないかもしれない。妹に出産する気があればの話だが。きっと産む選択肢はないだろう。腹の中のお荷物を消してしまい、男と復縁することしか考えていないはずだ。

だとしたら、やはり堕胎するしかない。それも、一刻も早く。

一か月で二十万円を稼げる仕事はないだろうか。インターネットで高額バイトを検索してみたが、出てくるのは風俗店ばかりだった。とはいえ、派遣OLが副業で始めていきなり二十万を稼げるほど、風俗の世界も甘くはないだろう。

手詰まりだ。

諦めかけてパソコンを閉じようとした、そのときだった。不意に表示された広告の文字が目に留まった。

入所期間、二日前後。謝礼金、二十万円。

願ってもない条件に目を丸める。

「二日で、二十万……？」

吸い込まれるように広告をクリックした。内容を確認する。どうやら、よくある治験のアルバイトのようだ。まだ世に出回っていない薬を飲み、その後の体のデータを測定する。期間中はずっと病室の中に籠り切りだが、自由に過ごしていいらしい。しかも、三食の食事付き。

会社の休みを利用すれば参加できないこともない。これなら手っ取り早く稼げるだろうし、タイムリミットにも余裕で間に合う。

もう、これしかない。

直美はさっそく応募フォームを開き、個人情報を打ち込んだ。

3回表

榎田とはいつものカフェで落ち合うことになった。住吉から中洲《なかす》へと移動する。ビルの中に入り、店内を見渡してみたが、あの派手な頭がどこにも見当たらない。まだ来ていないようだ。

林はカフェオレを注文し、席で待つことにした。

榎田が現れたのは、その十数分ほど後のことだった。「おまたせ」と向かいの席に腰を下ろす。こんな風に遅れてやってくるのは珍しい。

「忙しそうだな」

「まあね」と、榎田は少し草臥《くたび》れた顔で返した。「繁忙期だから。いくつか仕事が重なっちゃって」

「お疲れのとこ悪いが、もう一仕事頼めるか？」

林は端的に用件を説明した。野田直美という女の自殺について調べていること。彼女の部屋からパソコンを借りてきたこと。中身を調べてほしいと頼むと、興味をもった榎田が「もしかして、他殺の可能性があるとか？」と身を乗り出してきた。

「いや」林は首を左右に振った。「その線はないな。自分の足で線路に入っていく姿が目撃されてる」

「なんだ、事件性はないのか」

露骨にがっかりしたような顔で榎田が言った。

「とにかく何でもいいから、手掛かりになりそうなものを見つけてほしい。忙しいんなら、後回しにしてもらっても構わないぜ」

「素人のパソコンでしょ？　時間もかからないだろうし、今ここで調べるよ」

榎田はさっそく野田直美のパソコンを開き、電源を入れた。真剣な顔で画面を睨みつけ、慣れた手付きで操作する。

林はカフェオレを味わいながら結果を待った。

「――どうだ？　何かわかりそうか？」

数分後、声をかけると、

「普通にネットの検索履歴が残ってる。彼女は死ぬ前、三つのことに興味をもってたみたい」

と、榎田が画面から顔を上げて答えた。

「一つ目は、美容整形」

「それは知ってる」

「検索履歴に佐伯先生のクリニックの名前があった。……もしかして、先生からの依頼？」

「そうだよ」林は肯定した。どうせ誤魔化しても無駄だろう。隠し事をしたところでこいつは簡単に調べ上げてしまうのだから。だったら、最初から正直に認めた方がいいだろうと思った。

「二つ目は、中絶」

「中絶？」

予想外の単語に、林は少し驚いてしまった。

「妊娠してたってことか？」

「中絶費用とか、福岡市内の産婦人科とか、いろいろ検索してるよ。それから、中絶の必要のある女性を支援している慈善団体とか、養子縁組事業についても調べてたみたい」

——野田直美は妊娠していた？

初耳だ。

検視報告書の内容を思い返す。自殺ということもあり、司法解剖まではされていなかった。直美が妊娠していたことは警察も知らなかったのだろうか。

もしそれが事実だとしたら、自殺の原因に繋がってくるかもしれない。

「……いや、待てよ」

呟き、上着のポケットから紙を取り出す。佐伯から受け取った問診票のコピー。そこには、妊娠の有無の項目もあった。無の欄にチェックの印が入っている。

「整形手術を受けたときは、妊娠してなかったはずだ」

とはいえ、術後に妊娠が判明したか、もしくは最初から嘘を吐いていた可能性もあるわけだが。

「それで、三つ目は？」

話の続きを促すと、パソコンを弄りながら榎田が答えた。「高額バイト。お金が急に必要になったんだろうね。手っ取り早く稼げる仕事を探してる」

その言葉を聞いて、林はすぐにぴんときた。

「……そうか、妹か」

直美の部屋にいた妹の言葉が頭を過《よぎ》る。あの女、直美にお金を借りる予定だったと言っていた。

「妹？」

「ああ。もしかしたら、妊娠してんのは妹の方かも」

記憶を振り返る。そういえば、あの女はオーバーサイズの服を着ていた。体型を隠す目的があったのかもしれない。

たとえば、妹が妊娠してしまい、その中絶のために金が必要になった。だから、直美は高額のバイトを探していた――そう考えると辻褄《つじつま》が合う。

「パソコンにメールのやり取りが残ってる。この人、治験のバイトに応募したみたいだよ」

という榎田の言葉に、林は眉をひそめて聞き返した。「……治験？」

刑事の重松からメールが届いた。ファイルが添付されている。開いてみると、野田直美の遺体の写真が出てきた。林が手を回してくれたようだ。

写真を見つめ、佐伯は顔をしかめた。目を逸らしたくなる姿だった。顔は完全に潰れてしまっている。

信じたくなかった。彼女が死んでしまったなんて。それも、こんな無残な姿で。どうか別人であってほしい——可能性のない希望を抱きながら、佐伯は写真をくまなく調べた。

オフィスのパソコンから患者のデータを引っ張り出し、手術前に撮影した直美の写真と見比べてみたが、どうにも遺体の損壊が激しすぎる。これでは本人かどうか確信が持てない。

カウンセリングの際の彼女の言葉が頭に浮かぶ。

『自分の容姿に絶望して、死のうと思ったこともある』『実の家族に不細工だって言われて、すべてを否定された気分だった』——あの日のことは、今でも鮮明に覚えている。涙ながらに語る彼女の顔が、どうしても自身の姉と重なって見えてしまい、佐伯は直視することができなかった。

遺体の写真は様々な角度から撮影されていた。台の上に横たわる裸の体には、強い打撲や骨折の痕が複数刻まれている。痛かっただろう。辛かっただろう。壮絶な最期を遂げた彼女が不憫《ふびん》でならない。

これから希望に満ちた人生を送れるはずだったのに。どうして彼女は死ななければならなかったのか。

——その疑問を解決しなければ、きっと自分は前に進めないのだろう。

なにか手掛かりはないかと死体の写真を眺めているうちに、佐伯はひとつの違和感を覚えた。

手術痕がない。

検視写真の遺体には、豊胸手術の痕が残っていないのだ。本来ならば、脂肪を注入した際にできた1センチ足らずの線が、胸の外側に刻まれているはずなのに。

「……まさか」

一筋の希望に縋《すが》るような声で、佐伯は呟いた。

「これは、別人の死体では……？」

3回裏

『──あなた方には、これから臨床実験に参加していただきます』

古びたブラウン管のテレビに映し出されたのは、まるでペスト医師のようなマスクを被った男だった。酷く不気味なその出で立《いた》ちに、先程から覚えていた違和感がさらに強まってくる。

思い返せば、最初から「変だな」と感じることが多かった。

治験に応募した後、すぐに返信があった。メールには「今から来てくれ」と会社の住所が書かれていた。

念のため、メールに記載されていた企業名を調べてみたところ、たしかに実績のある会社のようだった。製薬会社からの委託で治験を実施している大手企業だというのに、呼び出されたオフィスはかなり簡素なものだった。スタッフの数も少ない。この時点で、直美は少し怪しいなと思った。

受付にいる女性に身分証を提出して本人確認を済ませ、白衣姿の男性の問診を受けてから、直美は同意書にサインをした。そして、注射で薬を打たれた。その直後、猛烈な眠気に襲われ、気が付いたときには、ここにいた。

意識を失っている間に移動したようだが、妙な場所だった。非常灯だけが灯《とも》っている、薄暗い部屋。どうやら病院のロビーらしい。直美は三つ連なった椅子の上に横たわっていた。ボロボロの椅子だ。埃《ほこり》を被っていて、布が所々破れている。

辺りを見渡す。他にも人がいた。女性が三人、男性が六人。直美を入れて全部で十人だ。自分と同様、皆、怪訝《けげん》そうな表情で周囲の様子を窺っている。

そして、全員の目が覚めた瞬間、待合室のテレビがひとりでに点《つ》き、ペスト医師の映像が流れはじめた、という次第だ。

『ポケットに封筒が入っています。名前と番号が書いてありますので、確認してください。その番号が、あなたが宿泊する病室です。封筒の中身は部屋に着いてからお開けください』

ペスト医師はそんなことを言った。

とりあえず、指定の病室に移動しろ、ということらしい。確認してみると、確かにコートのポケットの中に『ノダナオミ　２０４』と書かれた封筒が入っていた。

解散し、各々部屋へと向かう。直美も二階への階段を上った。前を歩くカップルらしき二人組が「何か変じゃね?」「ほんとに大丈夫なの、この治験」と不安げに言葉を交わしている。

たしかに、この病院はおかしい。

そもそも、病院、と呼んでいいものなのだろうか。直美は心の中で首を捻った。医師も看護師もいない。おまけに長年掃除されていないようで、汚らしい。まるで廃墟《はいきょ》だ。肝試しに訪れる心霊スポットのような雰囲気である。

直美の部屋は二階の角部屋だった。中にはベッドが一つ。ごく普通の病室のように見える。さっきの指示通り、封筒を開けてみた。受付の際に提出した自身の運転免許証が入っていた。整形する前の顔写真が載っている。あまりの醜さに目を背けたくなる。

免許証の他に、一枚の手紙が同封されていた。直美はそれを開いてみた。『臨床実験のルール』と題してある。

「な、なにこれ……」

直美は驚いた。

内容に目を通す。『その身分証は、あなたの命です。絶対に失《な》くさないようにしてください。実験終了時、身分証を一枚も持っていなかった者は、命を失うことになります』——穏やかじゃないことが書かれている。

「……命を失うって、どういうこと？」

物騒な文面に、直美は思わず震えた。

文章はさらに続いている。『もしかしたら、他の誰かが、あなたの身分証を奪おうとするかもしれません。そのときは、なんとしてでも命を守りましょう。病室の箱の中にあるものを利用して構いません』

直美は病室を見回した。部屋の隅に段ボール箱が置かれている。中を開けてみたところで、直美は絶句した。

箱の中に入っていたのは、武器だった。小型のナイフや包丁、それに拳銃らしきものまである。

いったいどういうことなんだ、これは。

さすがにもう気付いている。これが単なる治験のバイトではないことに。自分たちは騙《だま》されたのだ。あの会社に。高額の報酬を餌に、妙なことに巻き込まれてしまっている。

とにかく、ここから逃げなければ。直美は病室から飛び出した。直後、ふと足を止めた。

隣の部屋――203号室の男が、同じタイミングで廊下に出てきた。

目が合った瞬間、

「……読みました?」

と、男が尋ねてきた。

直美は恐々と頷く。「……はい」

「どうやら俺たち、騙されたみたいですね」

男は顔をしかめた。203号室の被験者は、見たところ二十代の若い男だ。直美と同様、やはり何も知らされていなかったようだ。

「早く逃げた方がいいですよね」

という直美の言葉に、男は眉を下げた。「そうしたいところですが、無理だと思います」

「どうして」

「俺、最初に目が覚めたんです。暇だったから、病院の中を少しだけ探索してたんですけど……一階の出入り口も窓も、全部外から塞がれていました」

「うそ、そんな――」

「この感じだと、二階以上のフロアの窓も開かないでしょうね」

男がため息をついた。

自分たちは完全に閉じ込められている。絶望的な状況だ。

「いったい何が目的なんでしょうか」

という直美の言葉に、

「さあ、わかりません」難しい顔で男が首を捻る。「デスゲームみたいなものをやらせたいんでしょうか」

「……デスゲーム？」

「ほら、見てください、ルールのこの部分」

男が手紙を取り出し、文章を指差した。

「『誰かが身分証を奪うかもしれないから、病室の箱の中にあるものを利用して命を守りましょう』――ってあるでしょう？　これってつまり、俺たちに身分証の奪い合いをさせようということじゃないですか。一枚も持っていなかったら死ぬ、っていう脅しも書いてあるし」

武器を手に取り、お互いに殺し合いをさせたい、ということか。

「でも」と、直美は気付いた。今現在、すでに自分は身分証を一枚持っている。それは他の被験者も同様のはず。

「奪い合わないで、自分の身分証だけを持っていれば、全員が生き残れるということですよね？」

「続きを読んでください」

言われ、直美は紙に目を通した。『身分証を一番多く持っていた被験者には、協力謝礼金・五千万円が与えられる』『臨床実験期間中はどんな犯罪行為も罪に問われないものとする』――そんな但し書きが記されていた。

この言葉が引き起こす展開を察し、直美はぞっとした。

「このバイトには、二日で二十万の謝礼金に釣られてくるほど、金欠なメンバーが集められているんです。五千万のために誰かが人を襲ったとしても、不思議じゃないですよね」

想像し、恐怖に苛《さいな》まれる。「……た、たしかに」

彼の言うことは尤《もっと》もだった。欲に目が眩《くら》まなければ全員が生き残ることができるのだが、そう簡単にはいかないのが人間の心理というものだ。

「とにかく今は、部屋の中にいた方が安全かもしれません」

「ええ、そうですね」

男と別れ、直美は部屋に戻った。ドアには鍵が付いていなかった。さすがに不安だったので、病室の中にある棚を動かし、外から開かないよう固定した。

治験の期間は約二日、とあった。二日過ぎれば解放してもらえるかもしれない。とにかく今は、安全な場所で、時間が経つのを待つしかないだろう。

ベッドに潜り込み、身を守るように頭から布団を被る。

一向に眠れなかった。

とんでもないところに来てしまった。こんなことなら応募するんじゃなかった。後悔やら不安やら恐怖やら、様々な負の感情が直美の心にぐるぐると渦巻き、どうにも寝付けない。

「……トイレ行きたくなってきた」

ぼそりと呟く。

最悪、こんなときに。夜の病院を徘徊《はいかい》することにも気が引けるというのに、こんなサバイバル染みた状況で無防備に外をうろつくなんて。

だが、このまま我慢するのも限界である。仕方ない。ささっと急いで済ませてこよう。誰にも会わないよう、しずかに、こっそりと。

直美はベッドから起き上がった。

身分証を身に着けておくべきか、どこか安全な場所に保管しておくべきか。悩んだ末、枕カバーの中に隠しておくことにした。

こっそり部屋を抜け出し、誰もいないことを確認してから廊下を駆け抜ける。女子トイレですばやく用を足し、部屋に戻ろうとした。

そのとき、廊下の先に女の姿が見えた。直美の部屋から出てきたように見える。女は慌てた様子で上の階へと走っていった。

まさか、と息を呑む。

直美は急いで病室に戻った。すぐに異変に気付いた。部屋の中が荒らされ、枕カバーがナイフで切り裂かれていた。中に隠していた身分証もなくなっている。

「さっきの女、私の免許証を……！」

トイレに行っている隙に盗まれてしまった。

大変なことになった。身分証がないと殺されてしまう。何とかして取り返さなければ。強い焦りが芽生える。

「……いや、待って」

ふと気付いた。身分証は一枚あればいいだけで、なにも自分のものである必要はない。他の人のを奪えばいいんだ。たとえば、箱の中から銃を取って、隣の部屋の男を脅して奪えば、それで事足りる。

でも、そうすると、その人が死ぬ破目になる。誰かの物を盗《と》れば、その人の命を奪うことになる。他人を犠牲にすることは、どうしても憚《はばか》られた。

――やっぱり、あの女から取り返さないと。

直美は部屋を飛び出し、急いで階段を駆け上がった。


廃墟と化した病院を舞台にした、デスゲーム。

新事業のスポンサーである不破雅子の発案により、急遽《きゅうきょ》、一般人を集めたデモンストレーションを行うことになった。場所は、福岡市郊外にある廃病院。不破が所有する不動産のひとつらしい。

建物は完全に封鎖されているため、被験者が逃げ出すことはできない。各所には固定カメラが設置されている。グエンたちは会議室に集まり、その映像をモニタリングしていた。

「……さっそく始まったようですね」

社員の一人が呟いた。

四階のフロアで動きがあった。一人の男が、隣の部屋に侵入し、別の被験者に襲い掛かっている。顔面を数発殴り、身分証を奪い取ろうとしている姿を、監視カメラがしっかりと捉えていた。

「あの男は誰？」

「被験者4号、ヨシムラケイスケです」

「彼、これでもう三枚目よ」

「ギャンブルと投資の失敗で二千万の借金があるようで」

「なるほど。道理で目の色が違うわけだ」

「今回の優勝候補ですね」

ヨシムラは拳銃を持っていた。部屋を飛び出し、廊下へと逃げ出した男を追いかける。躊躇いなく、数発発砲した。

弾は背後の窓に当たり、ガラスが砕け散った。

それを見た不破が、

「どうして防弾ガラスにしておかないの。あそこから人が逃げたらどうするのよ」と不機嫌そうな声色で言った。

「四階ですから、さすがに飛び降りる者はいないかと」

担当者が弁解する。

「もちろん、付近で待機しているスタッフに連絡して、すぐに塞がせます。三階までは防弾ガラスになっていますので、ご安心を」

会議室のテーブルの中央には固定電話が置かれている。この電話は現地の運営スタッフとの直通だ。社員はすぐに通話ボタンを押し、命令を告げた。「四階北側の窓が破損した。すぐに修復してくれ」

『了解』

なんて悪趣味なゲームだ、とグエンは眉をひそめた。素人の殺し合いなど、あまり見ていたいものではない。

映像から視線を外し、手元の資料に目を通す。ファイルの中には被験者全員のプロフィールが挟まっていた。この場に集められたのは、高額バイトに釣られた一般人ばかりだ。過去の殺し屋のデモ試合と違い、人を殺すことに慣れていない。そんな連中が、恐怖に苛まれ、欲に目が眩み、武器を取って醜い争いを繰り広げる様を、スポンサーは期待している。

このゲームの特に意地の悪いところは、全員が無傷で助かる道がある、ということだろう。ただし、それは全員の理性のもとに成り立つ。喉から手が出るほど大金を欲している奴らが、そんなお利口に過ごせるはずがないのだ。

二階の廊下のカメラ映像に人影が過った。被験者が女子トイレから出てくるところだった。被検者9号、ノダナオミだ。治験前のヒアリングでは、整形手術をしたばかりで金欠だと話していたらしい。たしかに、まだ顔が少し腫れている。

２０４号室の中に設置されたカメラには別の女が映っていた。被験者7号、カワサキユイ。ゲーム開始早々ヨシムラに銃で脅され、身分証を奪われていた女である。カワサキはノダの部屋を漁っていた。そして、身分証を見つけ出し、部屋を飛び出した。

カワサキが逃げ、ノダがそれを追いかけている。二階から四階まで階段を駆け上がる。四階の廊下のカメラに二人の女の姿が映った。そのときだった。カワサキが割れた窓の存在に気付いたようだ。そこに足をかけ、勢いよく飛び降りた。すぐ近くにある大きな木に掴まり、飛び移った。

「ちょっと、あの女、逃げたわよ」

不破が声を荒らげた。

カワサキは軽快な身のこなしで着地した。建物の外に設置されたカメラには、逃げる女とそれを追いかける数人の社員の姿が映し出されている。

「おい、どうなってるんだ。四階だぞ」

「7号は元パルクールの選手だそうで」

トラブル発生。会議室に張り詰めた空気が漂う。

しばらくして、現地から報告が入った。『緊急事態です。被験者が一名、逃げ出しました』

「わかってる。早く追いかけて、捕まえろ。最悪、射殺しても構わない」

『そ、それが――』

運営スタッフの責任者が言葉を詰まらせた。嫌な予感がする。

『被験者が線路に逃げ込んで……ちょうどそこに、特急列車が――』

返ってきた報告に、その場にいた全員が眉をひそめた。

「……マジかよ」

グエンは呟いた。

被験者が特急列車に轢かれて死亡したという。これは由々しき事態だ。

これから警察と鉄道会社によって死体が回収され、現場検証が行われるだろう。面倒なことになってしまった。スポンサーはあからさまに大きなため息をつき、担当者たちは頭を抱えている。

ピリピリした空気が会議室に漂う中、グエンは発言した。「……とりあえず、警察に手を回した方がよくないすか？」

榎田は、馬場の義父についても事細かに調べていた。馬場一善にまつわる情報に目を通しながら、改めて痛感する。

自分は父親のことを何も知らなかったのだ、と。

会社勤めだということは知っていたが、それがいったいどんな会社なのか、どういう仕事をしていたのか、そういった深い話はしてこなかった。馬場も当時はまだ子どもだったのだ。ずっと野球一筋だったし、大人の社会に対して、そこまで興味をもってはいなかった。

父親の勤めていた会社は、元洋水産《げんようすいさん》株式会社という水産会社だった。平成中期にマグロやカツオの漁獲および加工・販売会社として設立し、今は大手に吸収されて社名が変わっているようだ。まき網船三隻を所有。主に南太平洋で操業し、漁獲物を市場に出荷。一部を加工し販売するという、一見ごく普通の会社に思える。

父親が勤めていた当時の職員数は五十人前後、船員は三十人前後だったらしい。馬場一善は船員ではなかったものの、漁労事業部の人間だったようだ。そんな普通のサラリーマンの運命が、どうして裏社会の殺し屋と交わることになったのか。不思議でならない。

さらに資料のページを捲《めく》る。

「……闇金業者？」

物騒な文字が目に飛び込んできた。

どうやら、元洋水産には当時、後ろ暗い噂があったようだ。闇金業者からの紹介を受け、首が回らなくなった債務者を漁船に乗せて働かせていたという。

——もしかして、父親はその仕事に加担していたのだろうか？

いや、と首を振る。断言するのはまだ早い。まずは手掛かりを集めなければ。

とりあえず、片っ端から関係者を当たってみることにした。次の人物、リストの二人目、ツカダオサムについての資料を手に取る。

塚田《つかだ》治《おさむ》。すでに殺されているが、彼をよく知る人物が今も中洲にいるらしい。森山《もりやま》という名前の男——おそらく偽名だろうが——で、その連絡先も榎田が調べてくれている。馬場はさっそく会う約束を取り付けた。

相手が指定した場所は、風俗街の入り口にある飲み屋だった。古い看板には【スナック　恵子】の文字。

馬場は店の中に入った。森山はカウンター席で酒を呷っているところだった。四十代半ばくらいの、作業服姿の男だ。

隣に腰を下ろし、さっそく話を聞く。

「――塚田？　ああ、知ってるよ。昔、一緒に仕事したことがあるからな」

と、森山が煙草《たばこ》を吹かしながら答える。酒を一杯奢《おご》ると、気分良くベラベラと喋《しゃべ》ってくれた。

「仕事？　どんな？」

「不動産詐欺だよ。もう十年以上前の話だけど。同じ地面師グループのメンバーだったんだ」

灰皿に煙草を押し付け、グラスの中身を飲み干してから、森山は続けた。馬場はもう一杯ウイスキーを奢った。

「地面師ってのは、基本的に集団で仕事をするもんなんだ。それぞれにきっちり役割がある。まず、チームをまとめるリーダー。それから、人手を集める役。銀行口座を用意する役。弁護士や司法書士を演じてカモと接触する役。あとは、詐欺に使うための偽造書類を準備する役——所謂、印刷屋や道具屋って呼ばれる奴だ。俺と塚田はその担当だった。名刺やら登記簿やら、いろいろと必要なんでね。俺たち二人で用意してた」

どうやら塚田と森山は同業者だったらしい。だが、ともに仕事をしたのはその一度きりだったようだ。

「……そういや」と、思い出したように言葉を紡ぐ。「あいつ、漏らしてたな。誰かが俺の居場所を探ってる、もしかしたらヤバい仕事に関わっちまったかもしれねえ、って」

誰か——別所のことだろうか。

「その、ヤバい仕事というのに、心当たりは？」

「さあなぁ。詳しいことは知らねえが、人に頼まれて偽造のパスポートを作った、って言ってた。まあ、こんな業界だからな。うっかり外れクジを引いちまうことだってあるだろ？」

「そうですね」

そして、泥酔していた塚田を残し、森山はこの店を出たという。

「その翌日には、塚田の死体が博多湾に浮いてた。相当飲んでたらしいから、足を滑らせて溺れたんだろうっていうのが、警察の見解だ」

その事件については、榎田の資料にも詳しく書いてあった。血中のアルコール濃度は高く、胃の中からは海水が検出されたため、うっかり足を滑らせて溺死した不運な事故として処理されている。

だが、真相は違う。別所が事故を偽装して塚田を殺害したのだ。

「おかげで、俺の元には奴の分まで仕事が舞い込んできて、しばらくは大忙しだったよ」

森山は苦笑した。

「あんたも、なにか用意してほしいもんがあったら、いつでも連絡してくれ。保険証なら六時間、パスポートなら半日で仕上げてやる。スピードとクオリティは、うちが市内一だぜ」

そう言って、彼は名刺を手渡してきた。きっちり営業されてしまった。シンプルなデザインの紙面に『森山印刷株式会社』の文字が記されている。

名刺を受け取り、礼を告げてから、馬場は店を出た。

日が暮れていた。ラーメンでも食べて帰るかと思い立った、そのときだった。電話がかかってきた。相手は林だった。「もしもし？」

『あ、馬場？　今どこだ？』

「中洲やけど。どうしたと？」

『ちょうどよかった。帰りにドンキ寄って、客用のコーヒー買ってきてくれ。インスタントでいいから』

「コーヒー？　まだいっぱいあったやん」

『賞味期限が切れてんだよ』

「……え？　ほんと？　知らんかった」

『お前なぁ』不機嫌そうな声が聞こえてくる。『ちゃんと確認しとけよ。だらしねえなあ。こないだ俺に賞味期限切れたカップ麵食わせたの、もう忘れたの――』

小言が長くなりそうだったので、馬場は慌てて「わかったわかった」と電話を切った。

そういえば、自分の分のシャンプーも切らしていたな、と思い出す。コーヒーを買うついでに一緒に買っておかなければ。

その前に、まずは腹ごしらえをしよう。馬場は屋台街へと向かった。

4回表

「……治験バイト、ですか？」

馬場探偵事務所を訪れた佐伯に、林はこれまでの調査結果を話した。

報告を聞いた佐伯は怪訝そうな表情を見せた。「それはありえません。野田さんは治験に参加できないはずです」

「そうなのか？」

「治験の参加条件は厳しいんですよ。持病のない健康な人間でも、手術をしたばかりだったり、薬を服用している人は、絶対に選ばれない」

佐伯の話によると、野田直美は整形手術を受けた直後であり、術後は抗生物質と鎮痛・抗炎症剤を服用していたという。条件を満たしていないはずなのだが、メールのやり取りには彼女が治験の参加者として選ばれた形跡が残されていた。

「だけど、あのキノコに調べてもらったんだ。間違いとも思えない」

「……ええ、そうですよね」

顎に手を当て、佐伯は唸った。

榎田の情報の正確性は説明するまでもないだろう。だが、専門家である佐伯の言うことが正しくないとも思えなかった。

となると、考えられる線は限られてくる。

「もしかしたら、所謂、裏バイトに手を出したのかもしれませんね。正規のルートでない治験だったなら、条件が甘いことにも納得がいきます」

その意見には、林も同意だ。「だよな。二日で二十万なんて上手い話、絶対ヤバいバイトだろ」

募集元のサイトはすでに削除されていたが、メールのやり取りからかなり高額なバイトであることが判明した。運営している団体の正体については今現在、榎田に調べてもらっている最中だ。

「実は、僕も調べてみて、わかったことがあるんです。あの死体は、野田さんとは別人かもしれません」

という佐伯の重大な発言に、林は驚いた。「……マジで？」

「これを見てください」と佐伯が懐から取り出した写真には、見覚えがあった。重松が用意してくれた資料の中にある、遺体の写真だ。「野田さんは豊胸手術も受けていました。大腿《だいたい》のこの辺りから脂肪を採取して、胸に注入するんです。ですが、遺体にはその手術痕が残っていない」

佐伯が写真を指差す。各部位が様々なアングルから撮影されている。たしかに、轢死体の胸には人工的な傷はなかった。

それが事実だとすれば、話が変わってくる。野田直美は自殺をしていないし、それどころか、まだ生きている可能性だってある。

希望が芽生えたはずなのに、

「……ただ、僕の単なる思い込みかもしれませんが」

と、佐伯はどこか自信なげだった。

「傷の治りの早さなんてものは、人それぞれです。痕がなかったからといって、手術をしていない根拠にはならない。僕はきっと、彼女が自殺したなんて信じたくないんだと思います。だから、都合のいい方に解釈してしまっている」

人間の脳は信じたいものを信じるように出来てますし、と佐伯は悲しげな表情で語る。いつも穏やかで、微笑みを絶やさない彼が、こんな感情を剝き出《むだ》しにした顔をするなんて。珍しいことだ。

「──あのさ」

前々から、ずっと気になっていた。

「妙にこだわるなとは思ってたけど、この患者に思い入れでもあるのか？」

その疑問を、林は率直にぶつけてみた。野田直美と何か特別な関係でもあるのかと邪推したが、予想は外れていた。

「似てるんです、僕が殺した人に」

物騒な言葉が飛び出し、林は驚いた。

「……殺した？」

「ええ。僕には、姉がいました。一個上の」

過去形で語る佐伯に、すぐに察した。彼女はもうこの世にはいないのだと。

「姉は、明るい性格でした。いつも笑顔で、元気で。ただ、太っていたし、容姿はお世辞にも美しいとは言えなくて、同級生にもからかわれていたようです。ブスとか豚とか、酷いことも言われていました。ですが、どんなことを言われてもいつも笑っていて、気にしていなかった。クラスでも、マスコット的存在というか、芸人みたいな立ち位置にいて。常に友達に囲まれていて、人気者でした」

だが、それは傍《はた》から見た彼女の姿に過ぎなかった。

「ある日の朝のことです。姉がずっと洗面台を占領していて、僕はそれに苛立っていました。みんなが忙しい時間帯ですからね。僕だって歯を磨いたり顔を洗ったりしたかった。早くしないと野球部の朝練に遅刻してしまう。それなのに、姉がいつまでも鏡の前で髪型をセットしているんです。だから僕は、つい彼女に言ってしまったんです。『どうせ何やっても不細工なんだから、早く退《ど》いてよ』って」

佐伯は息を吐き、しずかに言葉を続けた。

「……その日、姉は学校には行かなかった。その途中、駅で電車に飛び込んで、自殺しました」

佐伯の話に、林は言葉を失った。

「どんなに容姿を侮辱されても、姉はいつも笑い飛ばしていた。ネタとして昇華していて、気にしていなかった。そう思っていました。……だけど、それは違った。実際は気にしてないふりをしていただけで、ずっと姉の心を苦しめていたんです。最終的に、僕の何気ない一言が、彼女に止めを刺してしまった」

以前、佐伯が言っていた言葉を、林はふと思い出した。容姿を否定する発言は強い呪いみたいなものだ、と。言った本人が本気でなかったとしても、言われた人間の心に深い傷を作ってしまう。永遠にその言葉に囚われてしまう。——今ならわかる。あの言葉はきっと、これまで見てきた患者たちのことだけではなく、自分の姉のことでもあったのだろう。

「ショックでした。部活も辞めました。罪悪感に苦しんで、しばらくは、学校にも行けなかった」

「もしかして、今の仕事を始めたのは、その姉のことがあったからか?」

訊けば、佐伯は頷いた。「そうです。彼女のように苦しんでいる人の、助けになりたくて」

だから、美容整形医師の道を志した。容姿に悩む人間の力になろうと、仕事に励んできた。

そんな中、患者が自殺した。

「自殺した野田さんのことを、どうしても姉と重ねてしまって……だから、知りたかったんです。彼女がなぜ、死を選んでしまったのか。自分は彼女の力になれなかったのか」

容姿にコンプレックスのある女が、電車に飛び込んで死んだ。姉が自殺した状況とたしかに似ている。重ねざるを得ないだろうなと思う。

「……すみません、つまらない話をしてしまいましたね」佐伯は苦笑をこぼし、話を切り替えた。「とにかく、あの死体が別人の可能性が、無《な》きにしも非《あら》ずというわけなんです」

「わかった。その線も頭に入れて、詳しく調べてみようぜ」

林は頷いた。

「キノコの話だと、野田直美とやり取りしていた治験団体のメールから、ＩＰアドレスがわかったらしい。それと同じアドレスからの投稿を調べてたら、別の治験の広告が見つかったって」

佐伯の思いを知り、なおのこと引けなくなってきた。どうにか真実を突き止めてやりたかった。

「そのバイトに応募してみようと思う。なにか手掛かりが摑めそうだし」

佐伯は難色を示した。「林くんが、治験に参加を？　それは危険すぎるのではないですか」

「まあ、大丈夫だって」林は笑い飛ばした。「潜入調査は、探偵の十八番《おはこ》だからな」

白鳥の姿を模したボートに並んで座り、足を動かして漕《こ》ぎ進めていく。ちょうど池のど真ん中に到着したところで、眉をひそめていた顧客が口を開いた。「……どうしてわざわざこれに乗るんですか？」

「ここなら誰にも聞かれる心配がないから」という、もっともらしい言葉を返してから、榎田は本音を告げる。「――ってのは建前で、なんか面白いじゃん。男二人でボート漕いでる絵面」

なるほど、と何も納得していないような口調で返し、新田は眼鏡の位置を直しながら本題に入った。「それで、なにかわかったんですか？　彼女のこと」

「まあね。真っ黒だったよ」

と、榎田はリュックの中から紙の資料を取り出した。相手がそれを受け取ろうとしたところで、すっと引っ込める。新田はむっとした表情を見せた。

「ところで、誰からの依頼なの？」

新田には、ある女性についての身辺調査を頼まれていた。おそらくこの女を殺すつもりなのだろう。その暗殺を依頼した人物が誰なのか、興味本位で知りたかったのだが、新田は曖昧に笑うだけだった。

「僕はただ、彼女の人となりが知りたいだけですよ」

当然だが、喋る気はないらしい。渋々諦め、資料を手渡す。標的の女の職業は医師だった。加藤《かとう》レディースクリニックの院長で、NPO法人の代表でもある女性。その経歴について、榎田は調べ上げた。表も裏も。

「……へえ」資料に目を通し、新田が感心の声をあげる。「本業に加えて、支援活動までやってるんですか。ご立派だな」

「まあ、褒められたものでもないけどね」

その院長が運営している団体は、妊娠・中絶に関する悩みをもつ女性を支援している。中絶を望む者の相談に乗っては、自分で診察し、安価で手術を行う。子どもを産まざるを得ないが経済的理由から育児ができない者に対しては、出産をサポートし、養子縁組の手続きを行う――といった活動をしているようだが、それだけではなかった。

「これはすべて表向きの姿。裏ではかなりあくどいことをやってるみたいだよ。委託された子どもは施設行きか、高値で売り飛ばされてる」

「なるほど、人身売買ってわけですか」

最低な商売であることには変わりないが、種だけ撒《ま》いて責任も取らず逃げる男は少なくない。女性側にとってみれば救世主のような存在だろう。

「昔はボロ儲《もう》けしてたみたい。臓器移植法が改正されるまで、日本では十五歳未満の脳死臓器提供は不可能だった。重い病気を患う子を持つセレブなら、どれだけ費用が掛かっても惜しくないでしょ」

「大枚を叩《はた》いて、生きてる子どもから臓器を抜き取った、と？」

「そう。わざわざリスクを冒して海外で手術しなくていいし。今でも顧客は途切れてないだろうね、ドナーの順番待ちをしたくない客が。……もっとも、近年は海外マフィアも参入してるし、競争相手も多い。臓器売買も昔ほど儲かるとは思えないけど」

「そうは言っても、十分に稼いでるようですが」新田が資料のページを捲りながら言う。

「クリニックの経営はそこそこで、今は投資や不動産での収入が主みたい」

「……なるほど、道理で金払いが良すぎるわけだ」

新田が呟いた。

金払い――気になる一言だ。

「へえ、彼女を知ってるんだ？」

榎田はにやりと笑い、隣の男を横目で見遣る。新田は「口が滑ったな」と咳払《せきばら》いをした。

「一度、会ったことがあるだけですよ」

「へえ」

人となり。金払い。一度、会った。――なるほど、と察する。言葉の端々に出てくるキーワードを繋ぎ合わせていくと、新田と彼女の関係が摑めてきた。

彼が何を知りたがっていたのか。そして、彼の抱えている殺し屋がどんな仕事を引き受けたのかということも、なんとなく察しがつく。

「まあ、これだけ悪いことしてきたんだから、誰かに命を狙われていても不思議じゃないよね」

という榎田の言葉に、新田は苦笑を見せた。


野田直美の応募した治験バイト。それを運営していた会社が募集をかけている他のバイトに林も参加し、真実を探る。

その計画には、ひとつだけ問題があった。応募するためには顔写真付きの身分証が必要なのだ。当然だが、林はどれも持っていなかった。そもそも、この国の国籍がない。

馬場探偵事務所のソファに腰を下ろし、どうしたものか、と頭を悩ませているうちに、いつの間にか日が暮れていた。外出していた家主も帰宅したようで、馬場の「ただいまぁ」という暢気な声が聞こえてきた。

「おう、おかえり」林は顔を上げ、言葉を返した。「遅かったたな」

「ちょっと飲んできた」

ダウンジャケットを脱ぎながら馬場が答えた。少し顔が赤い。源造《げんぞう》の屋台かジローのバーにでも寄ってきたのだろう。

馬場は手にレジ袋を提げていた。「買ってきたばい、コーヒー」

「サンキュ」袋を受け取り、中身を確認する。インスタントコーヒーだ。「これで客に水を飲ませずに済むな」

時計を見遣り、馬場は声をあげた。「……ってか、リンちゃん。もう十時過ぎとるけど、いいと？」

「あ？　なにが？」

「リンちゃんの好きなドラマ、始まっとるばい」

「……ああ！」

そうだった。

最近ハマっているドラマがある。『闇医者X』というタイトルの作品だ。どう頑張っても絶対に失敗してしまう医者が主人公で、担当した手術の医療ミスによって医師免許をはく奪され、闇医者として再起を図るも、負傷したヤクザの親分の治療をしていたらうっかり死なせてしまい、暴力団の人間に命を狙われるという、ノンストップ逃亡劇&医療コメディドラマだ。最初は退屈だったが、どうしても標的を殺せない心優しき殺し屋が相棒になった二話の中盤辺りから、物語がぐっと面白くなった。

慌ててテレビの電源を入れる。船の上で釣りをしていた主人公たちだったが、スナイパーに狙撃され、相棒が負傷。主人公が「絶対に、死なせねえ」と叫びながら、釣り糸で何とか相棒の傷を塞ごうとしているシーンが流れている。最初の十分間を見逃してしまったせいもあり、いったいどうしてこんなことになってしまったのか、さっぱりわからない。そして、今にも手術が失敗して相棒が死にそうで怖い。

「……くそ、すっかり忘れてた」

頭を抱え、項垂《うなだ》れる。

落ち込む林に、馬場が一笑した。「珍しかねえ、毎週楽しみにしとるのに」

「ちょっと考え事しててさ」

「考え事？　なんか悩みでもあると？」

「野暮用で、顔写真付きの身分証が必要なんだけど、どうやって手に入れようかなって」

思案している間にドラマの時間を過ぎてしまったのだ。佐伯から依頼を受けたことは伏せておいた。

すると、

「偽造の身分証でいいなら、すぐ用意できるばい」

と、馬場が願ってもないことを言い出した。

「マジかよ、なんで」

「そういう商売しとる知り合いがおるけん。連絡してみよっか？」

「ああ、頼む」

林は何度も頷いた。いったいどういうコネなのかわからないが、相談してみるものだなと思う。

馬場は携帯端末を取り出し、どこかに電話をかけていた。いくつか言葉を交わしてから、通話を切る。「今から顔写真を送れば、明日の昼にはできるげな」

「マジか、早く撮ろうぜ」

ドラマどころではなくなった。続きは見逃し配信で見ることにして、林はソファから立ち上がった。なにもない壁の前に移動する。

白い壁を背景にして、上半身を撮影する。カメラマンは馬場だ。「撮るばーい」

「おう」

シャッター音が響く。

撮影した写真を確認するや否や、林は眉をひそめた。「……お前、撮るの下手じゃね？」

「そうかねえ？　リンちゃんの写りが悪いだけやないと？」

「はあ？」

失礼な言葉にむっとする。

「こんなに被写体が良いんだから、腕の問題だろ」

写真の中の自分の顔を見つめる。まるで敵を睨みつけているかのような険しい表情だ。

「……もう少し笑った方がいいか」

「証明写真は笑顔で写るもんやなくない？」

「でもさ、これ目つき悪いし、なんか犯罪者顔じゃね？」

「別にいいやん。実際、犯罪者なんやし」

「よくねえんだよ」

数回撮り直し、納得のいく写真を選ぶ。馬場がそれを相手に送信する。これで身分証の問題はクリア。

あとは出来上がりを待つだけだ。

4回裏

「――おう、馬場。いらっしゃい」

屋台【源ちゃん】の暖簾《のれん》を潜《くぐ》り、端の席に腰を下ろす。他に客はいなかった。瓶ビールを飲み、店主の源造と世間話をしながら、ラーメンの出来上がりを待つ。源造の作るラーメンはどこか実家の味のような安心感がある。そのせいだろうか。特別美味《うま》いわけでもないのに、こうして足が向いてしまうのは。

「昨日の試合、観《み》たね？」

「もちろん。先発が良かったねぇ」

「ああ、よう投げとった。日本はいいピッチャーが揃っとるばい」

そして、こんな風に交わす雑談も楽しみのひとつだ。

「……ピッチャーといえば」馬場はふと思い出した。「最近、斉藤《さいとう》くん見らんね」

オフシーズンに入ってからというもの、草野球チーム『博多豚骨ラーメンズ』のメンバーとは顔を合わせる頻度が減った。特にピッチャーである斉藤とはここ最近会っていない。先日、ジローの店で試合観戦をした夜も、彼は来ていなかったと聞いている。

きっと転職活動で忙しいのだろう。「元気にしとるかいな」と思いを馳《は》せる。馬場だけでなく、源造も彼を見かけていないようだ。「ここにも来とらんばい」と肩をすくめながら、出来上がったラーメンの器を馬場の目の前に置く。

馬場は「いただきます」と両手を合わせた。

「……最近見らんといえば」

源造が話題を変えた。

「俺が面倒見とる殺し屋が、このところ顔を見せんくなったっちゃん」

源造は普段、裏稼業の人間に仕事を斡旋《あっせん》してマージンを得ている。馬場のようなフリーランスの殺し屋と多くの繋がりを持っているが、その中の三人の男が突如音信不通になったのだと、怪訝そうな顔で告げた。

「行方不明ってこと？」馬場は首を傾げた。

「まあ、こういう仕事やけんねえ。どっかで野垂れ死んどってもおかしくないいばってん」

仕事でしくじって命を落としたか、もしくは源造の知らないところで裏引きしているか。

「ありがちな話やけど、ちょっと気になるね」

「ああ」

一人ならともかく、数人が同時に、というのは引っ掛かる。

そのときだった。暖簾が揺れた。客が来たようだ。眼鏡を掛けた優男――佐伯だった。

馬場と目が合うや否や、佐伯は小さく微笑んだ。「おや、馬場さんもいらしてたんですね」

「珍しかねえ、先生がここに来るの」

「実は、源造さんに訊きたいことがありまして」

という佐伯の言葉に、「なんね、俺のラーメン目当てやないとや」と源造が不貞腐《ふてくさ》れた顔をした。

佐伯は馬場の隣に腰を下ろすと、一枚の写真をカウンターに置いた。「この男性、ご存じですよね？」と源造に問いかける。

ラーメンを啜《すす》りながら、馬場はこっそり写真を覗き見た。そこには男の顔が写っている。まるで証明写真のように、真正面から撮影されたものだ。

それを見た瞬間、源造がはっとした。「こいつ、うちで抱えとる殺し屋ばい。最近見らんくなったけど」

最近見なくなった殺し屋。つい今しがた話題に出たばかりだ。馬場は二人の会話に割り込んだ。「それって、例の音信不通の一人？」

「そうそう」と、源造が頷く。

「なんで佐伯先生が、その殺し屋の写真持っとーと？」

「こいつ、前にヘマして顔が割れてしもうて、整形したいって言いよったけん、俺が先生を紹介したったい」

「この写真は、彼の術前に撮ったものなんです」

「なるほど」

馬場は隣の男に視線を向け、

「それで、こいつがどうかしたと？」

と尋ねた。わざわざこんなところに来てまで確認するということは、それ相応の理由があるのだろう。

佐伯は表情を曇らせ、口を開いた。

「彼、殺されていたんですよ」

馬場と源造は顔を見合わせた。

「え？　殺された？」

「じゃあ、ここ最近、顔を見せんかったのは……」

すでに死亡していたから、というわけか。

それにしても、どうしてそのことを佐伯が知っているのだろうか。二人は無言のまま眉をひそめた。

その疑問に答えるかのように、佐伯が事情を説明しはじめる。

「知り合いの火葬業者に、『妙な死体が届いたから視てほしい』と言われまして」

事の発端は、顔馴染みの葬儀屋の元に届いた九体の死体だったという。それらの死体を詳しく調べたところ、佐伯は気付いた。その一人の顔に見覚えがあり、自分が過去に整形を施した男――それも、源造の紹介で施術することになった殺し屋だということに。

だから、こうして源造に確認を取りにきた、というわけだ。

「彼らの身になにがあったのか、先方も知りたがっていたので、詳しく調べていたのですが……源造さん、彼にどんな仕事を斡旋したんですか？」

「いやいや、俺はなんもしとらん」

源造が首を左右に振る。

「おやっさんの知らんところで、なんかに巻き込まれたっちゃろうか」馬場は麺を咀《そ》嚼《しゃく》し、尋ねた。「死体は全部で九体あったとよね？」

「ええ。男性が七人、女性が二人です」

「他の死体の中に、残りの二人もおったりして」

「念のため、確認していただけますか？」と、佐伯が携帯端末を取り出した。他の八体の遺体の写真を源造に見せる。

馬場の予想は的中したようだ。

「……三人とも死んどったんか」

写真を確認した源造が苦々しく顔をしかめた。音信不通になっていた殺し屋が全員写真の中に含まれていたようだ。

「九体のうち三体が殺し屋って、偶然とは思えんばい」

馬場の言葉に佐伯も同意する。「残りの死体も、一般人ではない可能性が高いでしょうね」

「……殺し屋殺し、か」

と、源造が呟くように言った。

「俺の仕業やなかよ？」

佐伯の検視によれば、すべての遺体が傷だらけだったそうだ。酷い打撲痕も見られるが、死因は失血死だという。

「うちの殺し屋が消されとるのに、このまま見過ごすわけにもいかん」源造が険しい表情を浮かべて告げた。「こっちでも調べてみようかね。……まあ、榎田に頼めば、なんかわかるやろ」

「ええ、そうですね」

ラーメンを平らげてから、馬場は死体の写真をじっと見つめた。男の死体。その外傷のひとつが気になった。刃物を突き刺した痕なのだが、綺麗な菱形《ひしがた》になっている。

「……この傷痕」ぼそりと呟く。「なんか、変な形しとるね」

「珍しい形ですよね。普通の包丁やナイフでは、こうはならない。いったいどんな凶器を使ったんでしょうか」

「こういう武器」馬場は唸り、首を捻った。「どっかで見たことある気がするっちゃけど……」

ベッドの上に胡坐《あぐら》をかき、武器の手入れをする。愛用の苦無《くない》を磨いている最中、不意に携帯端末が振動した。相棒からのビデオ通話だった。

通話画面に切り替えると、昔馴染みの男の顔が画面に映し出された。

『猿っち、お疲れー』

新田がカメラに向かって手を振っている。

「なんかちゃ」

『どうだった？　例のゲームは』

感想を尋ねられ、

「つまらんかった」猿渡は吐き捨てた。「雑魚しかおらんし」

暇だ退屈だと文句を垂れていた猿渡に、このコンサルタントが持ち込んできた案件は、殺し合いのゲームだった。どこぞの金持ちが殺し屋を集めて試合を開催するとのことで、優勝すれば多額の賞金がもらえると新田は唆してきたが、猿渡にとっては金などどうでもよかった。最近は一般人を始末するだけの粗末な仕事が続いていたこともあり、鬱憤が溜《た》まっていたのだ。相手が殺し屋ならそれなりに楽しめるだろうと期待し、相棒の誘いに乗ってはみたものの、正直あまり手応えはなかった。

『まあまあ、機嫌直してよ。次はもっと面白そうな仕事探してくるからさ。……ってか、猿っち今、どこにいるの？　なんか背景が豪華じゃない？』

「ホテル」答え、猿渡はカメラを部屋に向けた。「ゲームの運営が用意した。優勝特典っち」

『えー、いいなぁ』

福岡市内の高級ホテル。優勝者の猿渡には、その上層階にあるスイートルームが宛がわれた。後ほど運営スタッフが優勝賞金を届けにくるとの連絡があったので、おとなしく部屋で待っていなければならない。退屈だ。

『優勝賞金は三千万円だったよね？　分け前は7対3でいい？』

相棒の厚かましい言葉に、猿渡は眉をひそめる。「……はあ？　お前、なんもしとらんやろが」

『じゃあ8対2で』

譲歩を見せた相棒を、

「お前の分はないけ」と、猿渡は鼻で嗤う。「ってか、俺の分もないけど」

『え、ちょっと、どういう意味——』

通話を切り、端末をベッドの上に放り投げる。

そのときだった。部屋のインターフォンが鳴った。スタッフが賞金を届けにきたのだろう。待たせやがって、と舌打ちしながら、猿渡はドアを開けた。

そこにいたのは、予想外の人物だった。

「お前——」

相手の顔を見つめ、猿渡は目を丸めた。

「よう、猿」

男が片手を上げる。

部屋の前に立っていたのは、元同僚の男。グエンだった。

「なんしよん、ここで」

東京にいるはずのグエンが、なぜ福岡に？　それに、どうして自分が泊まっている場所がわかったんだ？　訊きたいことはいろいろあるが、猿渡はとりあえず彼を部屋の中に招き入れた。

グエンは手に銀色のケースを提げていた。それを見て、猿渡はすぐに察した。金を運んでくる運営スタッフというのは、こいつのことだったのか。

ということは、つまり——導き出される答えはひとつしかない。

「……あのクソみたいなゲーム、あのクソ会社が仕組んだんか」

猿渡は忌々しげに呟いた。

グエンはマーダー・インクの社員である。あの殺し合いのトーナメントを企てたのは、猿渡の古巣だということになる。

「まあな」グエンは素直に認めた。「いやあ、驚いたぜ。参加者の中にお前がいるんだから」

「驚いたのはこっちやし」

笑いながら、グエンがケースを差し出す。「ほらよ、優勝おめでとう」

「いらん」

猿渡は賞金を突き返した。

「あの会社の金なんか受け取るかちゃ」

そもそも金目当てで参加したわけではない。もとより受け取る気はなかったが、喧《けん》嘩《か》別《わか》れした会社が一枚嚙んでいるとなれば猶更《なおさら》だ。

「そう言うと思ったよ」

グエンは苦笑し、ケースを床に置く。それから、ミニバーの冷蔵庫を勝手に開けると、よく冷えた缶ビールを取り出した。

「おい、なんしょんかちゃ。勝手に飲むなちゃ」

「どうせ会社の経費だ」グエンがソファに腰を下ろし、缶ビールを開ける。「お前も飲めよ」

酒を酌み交わしながら語ろう、という態度だ。どうやら積もる話があるらしい。猿渡は諦め、元同僚の愚痴に付き合ってやることにした。冷蔵庫からコーラの瓶を手に取り、向かい側のソファの上で胡坐をかく。

一口呷ったところで、

「うちの会社、福岡に拠点移すんだよ。東京は土地も高いしな」グエンがさっそく話を始めた。「前に話したよな？ 会社の派閥争いのこと」

「ああ」

保守派と革新派で揉めているだの何だのと、前にグエンが愚痴を漏らしていた気がする。あのときは軽く聞き流してしまっていたが、今のグエンの表情を見るに、事態はかなり深刻そうだ。

「社長がさ、危篤状態なんだ。重い病気でよ。まあ順当にいけば、会社は副社長が継ぐことになるだろうが……」

マーダー・インクの副社長。噂は多いが、実際にその姿を見たことはない。警戒心の強い秘密主義者で、社員はもちろん、顧客相手にも素顔を晒すことはないという話を、新人の頃に聞かされた記憶がある。そもそも殺し屋という職業柄、顔を知られないように行動することは当然なのかもしれないが、副社長はもともと諜報《ちょうほう》や潜入を専門としていたこともあり、顔が割れると活動に支障が出るため徹底的に素顔を隠していた、という説が社員の間では最も有力視されていた。

とはいえ、副社長は社長の実子だったはずだ。血の繋がった身内。となれば、彼が会社を継ぐのは当然の流れだろう。何の問題もないように思えるが。「それが、なんかマズいん？」

「副社長は従来の殺人請負業を切り捨てて、エンタメに特化した事業にシフトしようとしてる。その一環が、こないだお前が参加してた殺し合いのゲームだ」

要するに、悪趣味な連中に人殺しを観賞してもらい、多額の見物料で稼ぎを得ようというわけか。

「金取りたいなら、もっと骨のある奴集めた方がいいぞ。あんな生ぬるい試合やったら観客もキレるやろ」

「フィードバックどうも。上申しとくわ」

猿渡は金の入ったケースを一瞥した。「雑魚九人殺して三千万っち、あのケチな会社にしては羽振りいいやんけ」

「強力なスポンサーがいるんだよ。副社長のパトロンで、でかい資金力と発言権をもってる。うちの社員はみんな彼女の言いなりだ」

「お前も、やろ」

そういう自分だって、こうして使い走りをしているくせに。グエンは「痛いところ突くなぁ」と嗤った。

「つーか、保守派のお前が、なんで副社長の事業を手伝っとるん？」

率直な疑問をぶつけると、グエンは肩をすくめて答えた。「おいおい、社長はもうすぐ死ぬんだぜ？　副社長派についとかないと、後々肩身が狭えだろうが」

「寝返ったんか」

「身の振り方はちゃんと考えないとな。今回の働きぶりが認められたら、それなりのポストを用意してもらえるって話だし」

けっ、と猿渡は吐き捨てた。「めんどくせえな、組織っちいうのは」

「戻ってきたくなったら、いつでも言えよ。俺が口利いてやるから」

「誰が戻るかちゃ」

自分には今の仕事のやり方が合っている。今さら組織の歯車になる気はない。ゴタついている会社ならなおのこと。

とはいえ、グエン自身も完全に割り切れているわけではないらしい。缶ビールを飲み干し、二本目を手に取ってから、ぽつりと本音を漏らす。「……俺だって、本当はやりたくねえんだよなぁ、こんな仕事」

自分と違い、愛社精神の強い彼には、いろいろと思うところがあるのだろう。殺しの代行と殺しの興行。どちらも人殺しを商売にした犯罪であることには変わらないが、彼の気持ちは理解できないこともなかった。

一口呷り、

「会社がどんどんおかしくなってる。これじゃあ、ただの快楽殺人会社だ」

と、グエンは苦々しく表情を歪《ゆが》めた。

「――というわけで、賞金はいらないそうなので、持ち帰ってきました」

朝の会議にて昨日の一件を報告し、グエンは三千万円が詰まったアルミ製のケースを机の上に置いた。

話を聞いたスポンサーは珍しく笑顔を見せた。「面白いわね。気に入ったわ、その殺し屋」

「もっと骨のある奴を集めてこい、だそうです」

「ますます気に入った」不破の真っ赤な唇が弧を描く。「うちで雇いたいくらいよ。ねえ、あとで彼の連絡先を教えてちょうだい」

不破が猿渡を気に入ったとしても、猿渡が彼女を気に入ることはないだろう。あの男は彼女のような傲慢で高圧的なクライアントが嫌いだ。

とはいえ、ノーと言えるわけがない。グエンは頷いた。「承知しました」

「経費が浮いてよかったですね」賞金が戻ってきたことで、担当者の表情は明るかった。「予定より嵩《かさ》んでいた運営費の足しになる」

「次のデモンストレーションのために募集の広告を出していたのですが、すでに数人から応募がありましたよ」

新事業の会議は連日開かれていた。顔触れは毎度同じ。グエンに、福本。スポンサーの不破。それからプロジェクト担当者が数名。本日の議題は、前回の反省と次のゲームについて、だ。

「次は絶対に逃げられないようにしないと」

「やっぱり、被験者には爆弾をつけておくべきでしたね。首とか足に」

「いいですね、それっぽいし」

「せっかくなので、GPS付きにしましょう。会場から離れたら、自動的に作動するようにして」

「序盤にもう少し緊張感がほしいような気がしますが、どう思われます？」

「最初、全員一か所に集めたところで見せしめに一人殺したら、もっと盛り上がるんじゃないでしょうか」

社員たちの意見が飛び交う。目の前で繰り広げられている反省会を、グエンは退屈そうに聞き流していた。

すると、

「——あなた」

突然、不破が声をあげた。

「あなたは、どう思う？」

彼女が指差したのは、自分だった。

また指名された。まるで授業中に居眠りをしていたところを不意に教師に当てられてしまったような気分である。困った。なんで毎回俺なんだ。完全に目をつけられている。

周囲の視線が一斉にグエンへと集まった。無言の圧を感じる。社員たちが、くれぐれも機嫌を損ねるようなことは言うなよ、とぎらついた目で訴えてくる。

「どうって、なにがです？」

「前回のデモよ。一般人を集めたゲーム。どうだった？」

そんなこと訊かれても。グエンは心の中で眉をひそめた。

「……まあ、特に面白いとは思えませんでしたが」

ただただ悪趣味で、胸糞悪《むなくそわる》い。感想はそれだけだ。

正直に答えたところ、

「そう、そうなのよね」

と、不破はなぜか同調した。

「素人特有の心理的な葛藤は見物だけど、ちょっと地味すぎたというか……もっと血が流れた方が、見ていて楽しいと思わない？」

「なるほど」と、表面上は愛想笑いを浮かべて傾聴しつつ、心の中で軽蔑する。ただ人の死が見たいだけだろう。この女、だいぶ狂ってるな。

そんなスポンサーの意見に、

「そうですね。前回は半分も死にませんでしたし」

「たしかに、絵面が地味だったかもしれません」

と、他の社員たちはいつものように賛同している。ここまでくると、自分の感覚がおかしいのだろうかと疑いたくなってしまう。

「次は、もっとシンプルなルールにしましょうよ。シンプルかつ、スリルのあるゲームで」

「と、言いますと？」担当者が尋ねた。どんな無茶ぶりが来るんだとヒヤヒヤしている表情だ。

「そうねえ……」

しばらく考え込んでから、不破ははっと思いついた。

「鬼ごっこ、みたいな感じ？」

5 回表

目が覚めると、見慣れない光景が視界に飛び込んできた。

いったいここはどこなのだろうか。起き上がり、林は辺りを見回した。

薄暗い部屋だ。前方には黒板がある。周囲にはいくつかの机や椅子が乱雑に並べられている。まるで学校の教室のような風景だが、古く、荒れている。廊下側の窓はひび割れていて、切れかけの蛍光灯がチカチカと不気味に点滅している。そこから差し込む光を頼りに、林は部屋の中を調べて回った。

壁の時計は壊れているようで、針は止まったままだ。反対側の窓はすべて塞がれていて、外の景色を見ることは叶《かな》わない。今が昼なのか、夜なのかも不明である。

ただ、ここはどこかの廃校らしい、ということだけは確かだった。

おかしな話だ。ついさっきまで、街中の小綺麗《こぎれい》なオフィスにいたはずなのに。治験バイトに応募し、指定された場所に赴き、受付で偽の身分証を提出した。その後、医者らしき男に薬を打たれたところで、林は意識を失った。そして、気付いたときにはここにいた。

ポケットの中身は身分証のみだった。バッグや財布など、他の所持品は没収されてしまったようだ。奇《く》しくも、野田直美が死んだときの状況と同じである。

「……やっぱ、まともなバイトじゃなさそうだな」

携帯端末も手元にない。どう足掻《あが》いても、外部との連絡は取れそうになかった。

ふと、黒板に文字が書かれていることに気付いた。右の隅に、殴り書きで『あいつが来る』『逃げろ』と記されている。

――あいつ？

どういう意味だ。なにから逃げろというのだろうか。

書き殴られたメッセージをじっと見つめ、首を捻った、そのときだった。突然、悲鳴が聞こえてきた。女の声だった。

何事だ、と教室の外に飛び出す。

点滅する電灯の下で、林は目を凝らした。廊下の突き当たりに人影が見える。男が立っている。黒い服を身にまとい、茶色の麻袋のようなものを頭に被っている。

その手には、大きな斧《おの》が握られていた。

男の前には、床に座り込んだ女がいる。さっきの悲鳴は彼女のものだろう。腰を抜かしているようで、その場から動けないでいる。

男が女に襲い掛かる。彼女の頭へと、勢いよく斧を振り下ろす。血が噴き出し、女の体が力なく床に転がった。

「……マジかよ」

林は目を剝いた。

いったいなにが起こっているんだ。呆気《あっけ》に取《と》られたまま、その場に立ち尽くすしかなかった。

なにかのドッキリだろうか？　それにしては、やけに真《しん》に迫っている。血の臭いもリアルだ。

あいつが来る、逃げろ――あの黒板の文字が頭を過った。あいつというのは、あの殺人鬼のことだろうか。

まるでスプラッタホラーのワンシーンだ。凶器を所持した殺人鬼が、女を追いかけ回し、惨殺する。その凶行は、この場にいる全員を皆殺しにするまで止まらない。よくあるB級映画のような展開が、今まさに目の前で起こっている。

治験バイトに参加したはずが、見ず知らずの学校に連れてこられ、そこで殺人の現

場を目撃した。いったい自分は何に巻き込まれてしまったのか、状況が掴めないまま
だが、今は悠長に考えている場合ではなかった。
殺人鬼が林に気付いた。女の頭に突き刺さった斧を引き抜き、こちらへと向かって
くる。
「くそ、やべぇな」
舌打ちをこぼし、林は身構えた。
相手はすばやく距離を詰めてきた。林めがけて斧を振り回す。急所に当たれば即死
だろう。だが、大振りな分、隙も大きい。林はとっさに攻撃を躱《かわ》し、相手の背後に回
り込んだ。無防備な背中に前蹴りを食らわせる。
殺人鬼がバランスを崩し、膝をついた。振り返り様、すかさず顔面に一発食らわせ
る。相手が怯《ひる》んだ。
さらに攻撃を畳みかける。右手を思い切り蹴り上げると、その衝撃で武器が男の手
から離れ、床に落下した。さらに相手の頭を掴み、膝蹴りをお見舞いする。男はふら
ついた。
林は斧を拾い上げた。丸腰になった相手に詰め寄る。
「お前、何者だ？　顔見せろよ」

麻袋には二つの穴が開いている。そこから覗く瞳を睨みつけながら、林は袋を剝ぎ取ろうとした。

すると、相手が激しく抵抗した。林を両手で突き飛ばすと、そのまま逃げ出してしまった。廊下を駆け抜け、階段を降りていく。

「おい、待て！」

追いかけようとして、やめた。状況がよくわからない今の時点で、深追いするのは得策ではないだろう。

襲われた女は事切れていた。頭をかち割られ、血を流して倒れている。自分がもう少し早く動けていれば、助けられたかもしれない。

男から奪った斧を握り直す。とりあえず、武器になるものは手に入れた。使い慣れたものではないが、護身用としては十分だろう。

――さて、これからどうしようか。

まずは建物の中を探索して、情報を集めるか。

暗がりに向かって林は歩き出した。

「三人とも、これに応募してたよ」

そう言って、榎田が屋台のカウンターに一枚の紙を置いた。インターネット上のサイトをプリントアウトしたものだった。裏ジョブドットコムの福岡版。その闇バイト募集の掲示板に投稿された求人情報である。

馬場と源造は揃って紙を覗き込んだ。

源造が文章を読み上げる。「なになに？　『殺し屋だけのバトルトーナメントに参加してみませんか？　優勝者には賞金三千万円と豪華ホテルの宿泊券をプレゼントいたします』げな」

「『参加者は先着十名』ってことは、死体は九体出るね」

十人の参加者で殺し合いをして優勝を決めるとなれば、残りの九人は命を落とすことになるはず。そして、例の火葬業者に届いた死体も九体だった。たしかに辻褄は合う。

「最近はこの業界も景気悪いからねえ。売れない殺し屋が一攫千金《いっかくせんきん》を夢見るのも無理ないって」

「たしかになぁ」

と、源造が唸った。

要するに、源造が抱えている殺し屋たちは、三人とも同じ闇バイトに応募していたというわけだ。多額の賞金に釣られて妙なイベントに参加し、その結果、勝ち残ることができず、全員揃って死体となって処分されることとなった。そして、その敗者の死体が件の火葬業者に送られ、それが偶然にも佐伯の知人の会社だったというだけの話である。

「なら、この件はもう解決？」

訊けば、源造は渋い顔で頷いた。「そうやねえ。結局、あいつらの自業自得ってことやし」

これればかりは自己責任だ。ここからさらに深く調べる意味はない。その源造の考えには馬場も同意だったが、榎田にはまだ後ろ髪を引かれるものがあるようだ。

「でもさ、この募集の投稿元、ちょっと怪しいんだよねえ。叩けば埃が出てきそうな感じ」

調べ足りないのだろう。好奇心旺盛な情報屋に、源造は眉をひそめた。「ほどほどにしときんしゃい。あんまりいろんなとこ突《つつ》き回《まわ》しとったら、寿命を縮めることになるばい」

「ご忠告ありがとう」

榎田はにやりと笑った。これは忠告を聞く気がない表情だな、と馬場は察した。

話が一段落ついたところで、馬場は瓶ビールを注ぎ、喉に流し込んだ。

「――そういや、馬場」源造が話題を変える。「今日も一人ばってん、相方はどうしたとや？」

尋ねられ、麺を啜りながら答える。「リンちゃんなら、出掛けとるよ」

「どこに？」榎田が口を挟んだ。

「さあ」

知らん、と馬場は首を傾げて返した。

「なんか、泊まりの用事があるって言っとったけん、旅行やない？」

どうやら、今いる場所は校舎の最上階らしい。上への階段は見当たらなかった。

林は下の階へと降りた。このフロアも似たようなものだった。長い廊下があり、いくつかの教室が並んでいる。だが、さらに暗い。灯《あか》りは非常灯のみだ。

警戒しながら暗がりの中を慎重に進んでいくと、廊下の途中に死体を見つけた。今度は男だった。床に座り、壁に上半身を預けたような姿勢で死んでいる。さっきの女と同様、あの殺人鬼に殺されたのだろうか。

林は死体の所持品を漁った。なにも持っていなかった。電話の類でもあれば助けを呼べるのだが、さすがに彼らも没収されているようだ。

このフロアにある教室をひとつひとつ調べてみたが、どこもがらんとしていて、他に目ぼしいものは見つからなかった。

廊下の隅にはトイレがある。男女に分かれている。中を調べようと、林は忍び足で男子トイレに入った。奥の個室のドアが閉まっている。誰か入っているようだ。

——あの殺人鬼が隠れているかもしれない。

息を潜め、林は斧を握り締めた。

扉の鍵は壊れているようで、外からでも開けることができた。林は力ずくでドアノブを引っ張り、中に隠れている人物に向かって凶器を振り上げた。

ひいっ、と悲鳴があがる。

個室にいたのは、殺人鬼ではなかった。

男が身を縮め、命乞いを始めた。「助けて助けて助けて、助けてください、お願いしますお願いしますお願いします、殺さないで殺さないで殺さないで」

……聞いたことのある声だ。

暗がりの中、林は目を凝らした。相手をじっと見つめる。その顔には見覚えがあった。

驚き、目を丸める。

「お前、まさか……斉藤か？」

知り合いじゃないか。

それも、チームメイトである。同じ草野球チームの。

「……え？」

男は恐る恐る顔を上げた。こちらを確認し、目を見開いて驚いている。

「……り、林さん？」

まさか、こんな場所で知った顔に会うなんて。

「お前、なんでこんなところに」

訊けば、斉藤は徐《おもむろ》に語りはじめた。「いやぁ、話せば長くなりますが……」

5回裏

言うまでもないことだが、目的は金だった。謝礼金目当てだ。

職探しは難航し続け、そろそろ貯金も少なくなってきた。手っ取り早く稼げる方法はないかとインターネットを散策していた斉藤がたどり着いたのは、とある治験バイトだった。

約二日間で、謝礼二十万円。

条件が良すぎる。

投薬の結果、健康に被害が出る可能性もゼロとはいえない。たしかに治験という行為は、少なからず自身の体を危険に晒すわけだから、それなりの見返りがあってしかるべきだろう。

とはいっても、ただ薬を服用して寝ているだけでこれだけ稼げるんだから、そのリスクを冒す価値はある。

斉藤はすっかり金に目が眩んでいた。そして、すぐさま応募フォームに個人情報を打ち込んだ。

その結果、まさか、こんなことになるなんて。

『──あなた方には、これから臨床実験に参加していただきます』

応募してみれば、それはただの治験バイトではなかった。一般人を集めた心理サバイバル、というものだろうか。斉藤ら被験者は、生き残りをかけたデスゲームに強制参加させられることになってしまった。

他の参加者も皆、わけがわからずといった様子だった。隣の部屋の女性は『いったい何が目的なんでしょうか』と怯《おび》えた表情を浮かべていた。

『さあ、わかりません。デスゲームみたいなものをやらせたいんでしょうか』

『……デスゲーム？』

斉藤は答えた。『ほら、見てください、ルールのこの部分。『誰かが身分証を奪うかもしれないから、病室の箱の中にあるものを利用して命を守りましょう』──ってあるでしょう？　これってつまり、俺たちに身分証の奪い合いをさせようということじゃないですか』

『奪い合わないで、自分の身分証だけを持っていれば、全員が生き残れるということですよね？』

彼女の言うことは尤もだ。全員が道徳的に動けば何の問題もないルール。だが、そう簡単にいくものではない。

『このバイトには、二日で二十万の謝礼金に釣られてくるほど、金欠なメンバーが集められているんです。五千万のために誰かが人を襲ったとしても、不思議じゃないですよね』

そして、斉藤の懸念通りに事は進んでしまった。

独り勝ちしようとする者が出てきた途端、この場の均衡が崩れた。舞台となった廃病院の至る所で被験者同士の争いが勃発した。

建物の中を、悲鳴や奇声が夜通し響き渡った。銃声も聞こえてきた。

斉藤はとにかく逃げた。戦いから距離を取り、手術室やレントゲン室などに身を隠し、時が過ぎるのをただただ待った。

ゲームが終わったのは、その翌日のことだった。といっても、正確な時間を把握できない状況だったので、正しいかどうかはわからないが。腹の空《す》き具合からしてそれくらいの時間が経ったはずだ。

どんな目的でこんなことをしているかは知らないが、いずれは解放してもらえると思っていた。

だが、それは甘かった。

考えればわかることだ。このまま解放して警察にでも駆け込まれたら、運営側も困るだろう。

ゲーム終了後、被験者は全員、強制的に薬を飲まされた。負けた者には毒薬が、勝ち残った者には睡眠薬が与えられた。

意識が遠退《とおの》く最中、斉藤は思った。まさか、こんなことになるなんて。変なバイトに応募しなければよかった。後悔が芽生える。

どうして自分は、いつもこうなんだろうか。

そろそろまともな職に就きたい。そう思っているのに、行き着く先はなぜかいつもヤバい仕事ばかりだ。神様が俺の人生に妙な工作をしているのではないかと疑いたくなってしまう。

一度、裏の世界に踏み込んでしまえば、もう二度と抜けられない。誰もがそんなことを言う。きっと、そういうことなのだろう。あの日、殺人請負会社の面接を受けたときに、自分の人生は決まっていたのかもしれない。もう二度と、表の仕事はできないのだと。普通の死に方はできないのだと。

どれくらい眠っていたのだろうか。意識を取り戻し、斉藤は辺りを見回した。今度は廃校にいた。

すぐに察した。また次のゲームが始まったのだと。

もうここから逃げられない。自分たち被験者は、きっと死ぬまでこの悪趣味な戯れに参加させられる運命なのだ。

いったい次は、どんなことをやらされるのだろうか。

とにかく今は生きることだけ考えなければ。なんとしても勝ち残らなければ。たとえ、どんなに厳しいルールだったとしても。

6回表

「――というワケで、またゲームに参加させられることになっちゃったんです」

男子トイレから隣の教室へと移動し、斉藤はこれまでの経緯を説明した。椅子に腰かけ、がっくりと項垂れている。

「目が覚めたら廃校にいて、いきなりホラー映画の殺人鬼みたいな奴が追いかけてきて。ほんともう、大変でしたよぉ」

「……お前はマジで懲りねえな」林は向かいの机の上に胡坐をかいて座り、斉藤の話に耳を傾けていた。

――こいつ、最近見ないと思ったら、こんなところにいたのか。

呆れてため息が出てしまう。「毎回毎回、変なことに巻き込まれやがって」

「巻き込まれたくて巻き込まれてるわけじゃないですから！」

ムキになって言い返す斉藤を、林は「はいはい、わかったわかった」と流した。今はそんなくだらないことを言い争っている場合ではない。

「そういう林さんこそ、どうしてここに？」

質問を返され、林は事情を説明した。「野田直美っていう女について調べてんだ。お前と同じで、このバイトに参加してたはずなんだけど」

もしかしたら、彼女は斉藤と顔を合わせていたかもしれない。「お前、何か知らねえか？」と尋ねてみたが、

「さあ……」斉藤は首を捻った。「参加者全員の名前を知らされてたわけではないですし、なんとも……」

「まあ、そうだよな」

「どんな感じの女性ですか？」

逆に質問され、林は答えに困ってしまった。

「どんな感じって言われてもなぁ」

佐伯に見せてもらった写真を思い返す。整形前の顔しか知らないため、特徴を伝えるのが難しい。

「歳は二十代半ばで、今の胸のサイズはCカップだ」

「いや、なんで胸のサイズ。もっと他に特徴あるでしょ。目が大きいとか、ホクロが

あるとか」

もっともな指摘だ。林はむっとした。「仕方ねえだろうが、顔が変わってるんだから。まあ、整形したっていうくらいだから、かなりの美人なんじゃねえの？」

役に立ちそうもない情報だったが、斉藤はなぜかぴんときていた。「……あ、知ってるかもしれません」

「本当か？」

「もしかしたら、前回のゲームで、２０４号室——俺の隣の部屋にいた女性かも」

「なんでわかるんだよ」

「彼女、顔が少し腫れていたんです。殴られた感じじゃなかったから、もしかしたら整形した直後なのかなって。ほら、俺も経験者だから、わかるっていうか」

「ああ、なるほどな」

佐伯は、あの轢死体は別人の可能性があると言っていた。野田直美はまだ生きているかもしれない。斉藤と同じく、前回のゲームで生き残り、今まさにこのゲームに参加させられているかもしれない。

ところが、そんな希望は、斉藤の次の発言によって打ち砕かれた。

「……でも、彼女、殺されたと思います」

林は顔をしかめた。「それは、確かか？」

「はい」斉藤は俯《うつむ》いた。「……勝ち残れなかったんです、前のゲームで」


源造や榎田から得られた情報によって、例の九体の死体は殺し屋であること、全員が殺し合いに参加し、その戦いに敗れた者であることが判明した。シリアルキラーによる猟奇殺人でなかっただけまだマシだろうと、知人の火葬業者も胸を撫で下ろしていた。

これで一件落着かと思いきや、そうはいかなかった。葬儀屋の社長から「またもや複数の死体が送られてきた」という連絡があったのは、最初の死体が届いた翌週のことだった。佐伯はすぐに火葬場へと向かった。

「ご遺体の送り主を確認したんですが、間に運び屋を挟んでいるので、突き止めるのは難しそうでして」

社長はそう話していた。

地下室に並べられた死体。今回は全部で六体あった。ビニールシートを捲り、一体一体を念入りに観察しながら、佐伯は口を開く。「今回は、殺し屋による殺し合い、というわけではなさそうですね」

六体の遺体。男が三人、女が三人。死因は様々だった。鈍器による頭部損傷、刃物による失血死。銃創が見受けられる死体もある。とはいえ、どれもプロのやり口ではないことは明らかだった。

外傷のない死体もいくつかあった。病死か、もしくは毒殺された可能性が高いだろう。

佐伯は六体目の遺体に歩み寄った。被せられたビニールシートを捲り、最後の一体を確認する。横たわる青白い女性の顔を見て、佐伯は絶句した。

野田直美だった。

顔は変わっているが、手術をした自分にはわかる。術前のシミュレーション通りの風貌。彼女で間違いない。

「そんな——」

思わず立ち上がり、佐伯は口元を掌《てのひら》で覆った。

「お知り合いなんですか？」

社長が顔を覗き込んできた。

「……はい」頷き、佐伯は俯いた。

あの轢死体は、やはり彼女ではなかったか。

野田直美は生きていた。列車に飛び込んで自殺を図ったわけではなかったのだ。その事実を知ることができただけでも、よかった——とは思えなかった。割り切ることはできない。

「彼女は、僕の患者さんで……」

言葉が続かなかった。

野田直美は命を落としてしまった。遅すぎたのだ。救うことができなかった。いったいどうして、こんなことに。

手術による腫れが引いた、美しい顔で眠っている直美を見つめていると、何とも言えない感情が沸き起こってくる。自分の無力さに苛まれてしまう。明るい未来を歩ませることができなかった、その無念さが、佐伯の心に影を落とす。

せめて、手厚く葬ってやりたかった。最も綺麗な姿で。

このままここに置いていたら、他の死体と一緒に処分されてしまう。無造作に燃やされ、遺灰は海に撒かれることになるだろう。遺体を持ち帰り、彼女が安らかに眠れるよう手配する。それしか、今の自分にできることはない。

「この遺体だけ、僕が引き取ってもいいでしょうか？」

という佐伯の頼みを、社長は快く承諾してくれた。「もちろんです。では、準備しますね」

そう答え、彼は遺体の傍《そば》にしゃがみ込んだ。彼女の体をビニールシートで包もうとした、そのときだった。

「さ、佐伯先生！」

突然、社長が慌てた様子で叫んだ。

「どうしました？」

振り返り、佐伯を見る。

「こ、この女性――」

社長は目を丸くしていた。

野田直美の体を指差し、告げる。「まだ、息があります」

6回裏

ない。

「――そういえば」ふと思い出し、グエンは尋ねた。「あの脱走した被験者は、結局どうなったんですか？」

ゲームの最中に会場から脱走し、特急列車に轢かれた女。あの後、遺体は鉄道会社や警察によって回収され、現場検証が行われたはずだ。その後のことは聞かされていない。

運転席でハンドルを握る福本が、前を向いたまま答えた。「不破様の口利きで、自殺として処理されることになったらしいですばい」

「あの人、警察にもコネがあるんすね」

「不破様はお顔が広いけん。警察やら市議会やら、あっちこっちと繋がりがあるんです。おまけに投資家としても力をお持ちで、多くの企業に出資しとる。彼女に睨まれたら、この福岡で商売はできませんよ」

「なるほど」頷き、グエンは皮肉を吐いた。「こうして雑用をやらされることになっても、文句を言えないわけですね」

それに対し、福本は苦笑をこぼした。「本社からお越しの方に、こんなことを手伝わせてしまって申し訳なかですね」

「これも視察の一環だと思うことにします」

車を走らせること一時間。市の郊外にある廃病院に到着した。昨日まで、ここでは例のゲームが行われていた。

「一時間後に運び屋が来るけん、急ぎましょう」

グエンたちはスーツから作業着に着替え、鍵を開けて建物の中に入った。入り口のすぐ傍に死体が転がっている。被験者の一人。若い男だった。胸から血を流して絶命している。

「これを運べばいいんですね？」

と、グエンは死体を指差した。

「ええ、ええ。報告によれば、全部で六体あるとのことで」

スポンサーの無茶ぶりのせいで人手不足に陥り、マーダー・インクの社員たちは不眠不休で働かざるを得ない状況だった。スタッフ全員が次のゲームの運営に駆り出されてしまっているため、手の空いている者がいない。とはいえ、前回の会場をいつまでも放置しておくわけにもいかない。そこで、「だったら、あなたがやればいいじゃない」と不破に指名され、グエンは死体処理という雑用をやらされる破目になってしまった。

なんで本社勤務のエリートである俺がそんな真似をしないといけないんだ、と内心苛立ちを覚えたが、福本に宥《なだ》められ、こうして二人で仕事に当たることになった、という次第である。

建物の中を探索しながら、その凄惨な状況に、グエンは苦々しく顔をしかめた。床や壁に赤い液体が飛び散っている。被験者の血だ。

死体は六体。ここで六人も死んだのだ。金に目が眩んだ参加者の一人が、三人を殺した。そして、ゲームに勝ち残れなかった三人が、ルールに則《のっと》り毒殺された。

一晩で六人もの命が奪われた。それも、何の罪もない人間が殺された。長年殺し屋をしている自分でさえも、ただ娯楽のためだけに人の命を弄ぶこの事業には、首を傾げざるを得なかった。

「次のゲームは、鬼ごっこでしたっけ？」

作業を進めながら、グエンは口を開いた。雑談でもしていないとやってられない気分だった。

「だとすると、もっと死体が出そうだ」

「片付けも大変でしょうねえ」

「鬼役は、うちの社員がやるんですか？」

「いや、そうじゃないみたいですよ」

「そうなんですか？」

「不破様が『それだとつまらない』っておっしゃったけん、別の人を雇ったらしいです」

「まあ、人手不足ですしね」

階を移動し、転がっている死体を担架に乗せて運ぶ。死体の顔はどれも恐怖や苦痛に歪んでいた。六体すべてを拾い、一階のエントランス付近に並べていく。

しばらくして、一台のトラックがやってきた。運び屋が到着したようだ。

グエンは死体を担ぎ上げ、トラックの荷台に積み込んだ。この六体はこれから火葬業者の元に届けられ、灰と化すことになる。証拠は完全に隠滅される。

一体ずつ、死体を順番に運んでいく。

福本は運び屋と話をしていた。報酬の交渉をしているようだ。その間、グエンは一人で作業を進めた。女の死体を担ぎ上げ、外に運び出す。これが最後の一体だ。

荷台の上に放り込んだ瞬間、ふと違和感を覚えた。

死体の口元が微《かす》かに動いたのだ。

ぎょっとして死体を凝視する。グエンはすぐに手を伸ばし、確認した。微かだが脈の動きを感じる。まだ息があるようだ。

——止めを刺さなければ。

グエンは女に触れた。窒息させようと首を摑む。

「お願い、助けて……」

か細い声が聞こえてきた。

朦朧《もうろう》とする意識の中で、女が命乞いをする。「殺さ、ないで……」

殺さなければならない。それが仕事だ。手に力を込める。だが、助けて、と訴える声がそれを阻む。死にかけの、ボロボロの姿になった女を前にして、グエンの心に葛藤が芽生えた。

かわいそうに、と同情せざるを得ない。何の罪もない一般人が、狂った金持ちのせいで悲惨な死を遂げるのだ。全身をブランドもので固めた、派手な格好をしたあの中年女の顔が頭を過り、ますます胸糞悪い気分になる。

舌打ちし、動きを止めた。

——どうせ、ここで見逃したところで。

グエンは思った。いずれにしろ、この女は生き延びることはできないのだ。自分が手を下さずとも、火葬業者が彼女に気付き、燃やす前に息の根を止めるだろう。

グエンは女の首から手を離した。

女は再び意識を失った。その直前、彼女の唇が「ありがとう」と動いたように見えたのは、気のせいだったかもしれない。


新田と落ち合い、まずは腹ごしらえをしようと近くのうどん屋に入った。コシがなくやわらかい太麺を啜りながら、

「……てか、なんでお前までこっち来たん」

猿渡は顔をしかめ、疑問をぶつけた。

わざわざ北九州から福岡までやってきた相棒は、さも当然のような表情で言葉を返す。「だって、客に会うんでしょ？　だったら俺も同席しないとね」

どうしてそういう話になるんだ。ますますわからない。

「子どもやないんやけ、一人で大丈夫やし」

箸を止め、猿渡は口をへの字に歪めた。ただ顧客と仕事の話をするだけだ。わざわざ二人で行く必要もないだろうに。相棒の過保護ぶりに呆れてしまう。

「大丈夫じゃないでしょ。ちゃんと報酬の交渉もしないといけないし」新田が眼鏡を外した。曇ったレンズを拭きながら、言葉を続ける。「猿っちに任せると、なんでも適当に流しちゃうから」

こないだみたいに、と新田は口を尖らせた。どうやら、前に試合の賞金を突き返したことを、未《いま》だに根に持っているらしい。

「失礼なことして、相手を怒らせちゃうかもしれないしね。猿っちってそういうところあるし」

「ねえし」

「あるよ。ほら、昔もあったじゃん。監督に盾突いて殴られたの、覚えてる？」

記憶はある。高校時代の、野球部だった頃の話だ。猿渡はピッチャーで、新田はキャッチャーだった。バッテリーという試合の重要な部分を担うポジションだったこともあり、自分たちはよく監督に叱られた。反抗的な猿渡と尊大な指導者がぶつかり合うのは日常茶飯事だったが、その度に女房役の新田が仲裁に入っていた。

あれは二年の夏だったか。いつもは我慢できる監督の叱責や罵倒が、その日はなぜか耐えられなかった。虫の居所が悪かったのだろう。お互いに。ふてぶてしい態度の猿渡に、監督が『帰れ。二度とその顔を見せるな』と怒鳴った。試合が始まる十数分前のことだった。言われた通り、猿渡が荷物を抱えて家に帰ろうとすると、今度は『なに勝手に帰ってんだ』と怒られ、殴られた。

理不尽な話である。これには猿渡もキレた。『なら、どうしろって言うんかちゃ』と怒鳴り、監督の顔面を思い切り殴り返してしまったのだ。すぐに新田が血相を変えて飛んできた。

「あのとき、俺が間に入って、監督に土下座して謝ってあげたから、事なきを得たんだよねえ」

「……忘れた」

猿渡は吐き捨てた。

今でも鮮明に覚えている。監督に謝罪する新田の姿。頭を地面にこすりつける、背番号2番の後ろ姿。プライドのない、惨めなその背中に、どうしようもないほどの憤りを感じた。悪くもないのに謝る相棒が許せなかった。同時に、それをさせているのが自分だということも、気に食わなかった。

「え、忘れたの？　ひどくない？」

「いつの話しとんのかちゃ。恩着せがましい奴やな」

猿渡はむっとしながら麺を啜った。

「──それで」新田が眼鏡を掛け直した。昔話を切り上げ、仕事の話に戻る。「その顧客は、信用できる人なの？」

昨日、グエンから連絡がきた。『うちのスポンサーがお前を気に入って、一度会いたいって言ってる』とのことだった。それだけで、相手がどんな人物なのかは知らされていない。正直興味のない話だが、難しい立場にいる元同僚の顔を潰すわけにもいかなかった。

「わからん。けど、知り合いの紹介やけ、大丈夫やろ」

どうかなあ、と新田は首を傾げる。

「まあ、とにかく会ってみるしかないか」

器の中身を平らげ、二人は席を立った。

愛車に乗り込み、馬場は資料を取り出した。リストの名前を睨みつける。馬場一善と塚田治に続く三人目は、ソネトシアキとある。

曽根《そね》俊明《としあき》――榎田の調べによると、曽根美容整形クリニックを経営していた医師だという。当然、彼もすでにこの世にいない。趣味の登山の最中に死亡している。遺体には飢餓と脱水症状、そして獣に食われた痕が見受けられる状態だった。遭難して命を落としたという話らしい。

曽根の医院は福岡市中央区にあるようだ。車のエンジンをかけ、住所の示す場所へと向かう。ラジオから野球中継が流れてくる。世界野球の第1ラウンド。日本代表の三戦目の相手はオランダだ。サッカーが主流の欧州における、数少ない野球強豪国の代表的存在。世界ランクでは日本が上だが、油断できる相手ではない。

しばらく車を走らせていると、目的地に到着した。そして、馬場は驚いた。そこはよく知っている場所だった。【佐伯美容整形クリニック】の看板が見える。

曽根の医院の跡地は、佐伯のクリニックになっていた。偶然にしては出来すぎている。

　診療時間外だったが、院内にはまだ人がいるようだ。光が漏れている。入り口を数回ノックすると、佐伯が顔を出した。

「おや、馬場さん。どうしました？」

「急にごめんね、先生。ちょっと訊きたいことがあって」

　佐伯は快く迎え入れてくれた。「どうぞ、中へ」

　案内され、受付の椅子に腰を下ろす。佐伯が温かいハーブティーを出してくれた。患者に振る舞うものだろうか。さすが、小洒落《こじゃれ》たものを用意している。安いインスタントコーヒーの探偵事務所とは違うな、と馬場は内心苦笑した。

「それで、訊きたいことというのは？」

　隣の椅子に座り、佐伯が話を振った。

「曽根俊明って人、知っとる？」馬場は単刀直入に尋ねた。

　佐伯の表情が微かに動いた。知らない名前ではないらしい。

「……曽根先生、ですか。もちろん知っていますよ。この業界ではかなり有名な方ですから」

「そうなん？」

「福岡の美容整形の第一人者で、かなり腕のいい医師でした」

「ここ、前はその人のクリニックやったっちゃろ？」

「ええ」佐伯は頷いた。「僕の師匠が、曽根先生のお弟子さんだったんです。曽根先生はかなりのご高齢でしたから、後継者を探していたようで。引退後、ここを任されることになったと聞きました」

つまり、佐伯は曽根の孫弟子に当たる。佐伯の師匠が曽根からクリニックを受け継ぎ、その師匠から佐伯がここを引き継いだ、ということか。

「曽根先生は、山で遭難して亡くなったそうです」佐伯は視線を落とし、気の毒そうな声色で告げた。「隠居生活を楽しみはじめた矢先だったのに、残念ですよね」

それは表向きの話だ。曽根の身に起こったことは単なる事故ではない。実際は遭難事故に見せかけて殺されたのだ。おそらく別所は曽根を監禁し、長いこと食料や水を与えずに拷問し続けた末、山中に捨てたのだろう。そして、獣が遺体を齧《かじ》った。そんな状態の遺体が発見されれば、遭難事故だと判断されるのは当然の流れだ。

「だけど、僕はどうしても、あれがただの事故だとは思えないんです」

ところが、そんな別所が用意したシナリオを、佐伯は信じていなかった。

意外な反応に、馬場は身を乗り出した。「なんでそう思うと？」

「曽根先生は、暴力団との繋がりがあったので」

「暴力団？」

「暴力団から死体を買い取り、それを使って手術の練習をしていたんですよ。当時はまだ業界自体が発展途上でしたし、今以上に医師の技術が大きく左右するものでしたから」

「なるほど」

やがて、暴力団は死体の処理を曽根のクリニックに押し付けてくるようになり、持ちつ持たれつの関係が続いていたそうだ。佐伯がそのことを知ったのは、師匠からクリニックを受け継いだときだったという。

「ある日、診療時間後に、ヤクザが死体を持って現れたんです。驚きましたよ。いったいどういうことなんだって、師匠を問い詰めました。そこで初めて聞かされたんです、曽根先生がやっていたことを。僕の師匠は曽根先生の悪事を黙認していた。それどころか、自分もその役目を引き継いでいたんです」

過去を振り返り、佐伯は深いため息をついた。

「院長が僕に替わっても、連中はお構いなしだった。手を引いたらこのクリニックを潰すと脅されました」

「それで、ヤクザの言う通りに？」

頷き、佐伯は自嘲を浮かべた。

「……結局、僕も師匠の二の舞なんです。正直、今でも後悔しています。真実を知ったあの日、正直に警察に話すべきだった。……だけど、この仕事は僕の夢でした。美容整形で容姿に悩む人を救うことが、僕の生きがいであり、使命なんです。この仕事を手放すわけにはいかなかった」

「他のところで働くことは、できんかったと？」

この医院を捨てて、別の場所で再スタートする。そんな方法もあったはずだ。

馬場の質問に、佐伯は薄く微笑んだ。「考えてみてください。僕は犯罪者の弟子なんですよ？　曽根先生や、僕の師匠の悪事が表沙汰になれば、僕だって無傷ではいられない。こんな曰《いわ》く付《つ》きの医者、どこも雇ってはくれませんよ」

愚問だったな、と馬場は口を噤《つぐ》んだ。彼の言う通りだ。真実が明るみに出れば、噂はどこまでも広がっていく。そうなったら、もうこの業界でやっていくことは難しいだろう。

「保身に走った結果、僕は彼らと同じように、裏の仕事から逃げられなくなった。死体の処理に、逃亡者の整形。やっていることはただの犯罪の幇助《ほうじょ》ばかり。時々、昔の自分を恨みたくなります」

一度踏み入れたら、二度と元には戻れない。ここはそういう世界なのだ。

自分もそうだったな、と思い返す。初めて殺しをして、それがいつの間にか、仕事になっていた。日常になっていた。

自分の場合は自ら進んで足を踏み入れた結果だ。だが、佐伯は違う。正しい道を突き進んでいたのに、その先には誤った道が待っていた。避けられない定めだったのだ。気の毒でならない。

「すみません、つまらない話をしてしまいましたね」

佐伯は苦笑し、話を戻した。

「要するに、曽根先生は裏社会との繋がりがあった。誰に命を狙われても、おかしくない人だったんです」

7 回表

野田直美は生きていた。

とはいえ、安堵できる状況でもなかった。呼吸はかなり弱い。佐伯はすぐに彼女を車に乗せ、最寄りの病院へと急いだ。

病院に到着し、佐伯は祈るような思いで治療や検査を見守った。幸い、彼女は数時間後に意識を取り戻した。

個室の病室。ベッドに寝かされている直美を見つめる。顔色はまだ青白い。その瞼《まぶた》がゆっくりと開いたところで、佐伯はしずかに声をかけた。「野田さん、気分はどうですか？」

「……佐伯、先生？」

直美は目を丸めた。

驚いた表情のまま、ゆっくり上体を起こし、掠《かす》れた声で尋ねる。「どうして、先生が……？」

「僕が病院に運んだんです」

真実を話すわけにもいかないので、それらしい理由をつけておいた。

「驚きましたよ。たまたま道端に倒れていた女性が、自分の患者さんだったので」

彼女が治験のバイトに応募したことは聞いているが、なにも知らないふりをしておくことにした。しかしながら、その後、どういう経緯があって死体として火葬場に運ばれてきたのだろうか。

「いったい、なにがあったんですか？」

尋ねると、直美は怯えた表情を見せた。その様子からして、かなり酷い目に遭ったことが窺える。

「思い出したくなかったら、無理に話さなくてもいいんですよ」

優しく言葉をかけると、

「……いえ」

と、直美は小さく首を振った。

信じてもらえないかもしれませんが、と前置きしてから、彼女は事の一部始終を打ち明けた。

「どうしてもお金が必要で、バイトに応募したんです。そしたら、変なゲームに参加させられることになって……」

ベッドの横にある椅子に腰を下ろし、佐伯は彼女の話に耳を傾けた。「ゲーム、ですか」

「はい」

やはり林の調べは正しかった。それが偽のバイトだということは、本人も知らなかったようだ。

直美の証言をまとめると、次の通りだった。

被験者は生き残りをかけたデスゲームに強制的に参加させられていた。そのゲームにおいては、自身の身分証が『命』の代わりとされていて、より多くの『命』を奪った者が高額の賞金を得ることができる。さらに、その『命』の奪い合いには、どんな手段を使っても構わないというルールだった。

となれば、無秩序な闘いが生じるのは目に見えている。

「参加者の中の一人が、独り勝ちしようとしたんです。その人のせいで、何人も死んじゃって……」

思い返し、直美は辛そうに顔を歪めた。

「私も、参加者の女の人に『命』を奪われてしまったんです。だから、誰かのものを奪おうと思った。……だけど、無理でした。私が奪ったら、その人が生きられなくなる。そう考えたら、できなかったんです。自分が生き残るために、他人を犠牲にするなんて」

彼女の話を聞いてようやく合点《がてん》がいった。直美の身分証を所持し、列車に飛び込んで死んだ女は、ゲームの最中に直美から身分証を奪った他の参加者だったというわけだ。

最終的に『命』を一枚も持っていない敗者は死亡する、というルールに則り、直美は強制的に毒を飲まされ、そのまま意識を失ったという。

遺体を確認した際、死因となる外傷のないものが、他に二体あった。彼らも直美と同様、ゲームの運営者に毒を飲まされたのだろう。

「私のようにゲームに負けた人は、みんな同じように殺されました。……だけど、私だけ、なぜか生きていて……運が良かったとしか、言いようがありません」

そういえば、彼女は麻酔が効きにくい体質だったな、と佐伯は施術した日のことを思い出した。人より薬への耐性が高いのかもしれない。普通の人にとっては致死量でも、彼女は辛うじて生き残ることができた。

あのままゲームを勝ち進んでいたら、逆にどうなっていたかわからない。次のゲームで死んでいたかもしれない。他人を犠牲にしてはいけないという彼女の優しく美しい心が、結果的に彼女自身を生かすことになったわけだ。

「……私、警察に行かないと」

突然、直美が起き上がった。ベッドから飛び出そうとするのを、佐伯は慌てて止めた。「駄目ですよ、まだ寝てないと」

彼女は佐伯の腕を振り払い、頑《かたく》なに前に進もうとする。

「まだ捕まってる人がいるんです。早く助けてもらわないと――」

そのときだった。直美がぴたりと足を止めた。なにかを呆然《ぼうぜん》と見つめている。その視線の先には、洗面台がある。

鏡に映った顔を見つめ、

「これ、私……？」

目を大きく見開く。信じられない、といった表情で驚いている。ダウンタイム後に自分の顔を見るのは、今日が初めてだったようだ。

「すごい、綺麗……」

感嘆の声が漏れた。

直美は鏡に近付き、自分の顔をまじまじと見つめた。その次の瞬間、彼女が突然その場に頽《くずお》れた。床に両膝をつき、項垂れている。

「大丈夫ですか、野田さん」

容体が急変したのかと心配になり、ナースコールを押そうとした佐伯だったが、すぐにその手を止めた。

直美は泣いていた。

顔を掌で覆い、声を押し殺して、涙を流していた。

その嗚咽《おえつ》に混じって、

「……生きてて、よかった」

そんな言葉が聞こえてきた。

「佐伯先生……本当に、ありがとうございます、ありがとうございます」

彼女の一言に、思わず目頭が熱くなる。

泣きながら何度も礼を言う直美の背中を、佐伯は優しく摩《さす》った。

「お礼を言うのは、僕の方ですよ」

彼女が生きていてくれて、よかった。

この仕事をやっていてよかったと、今日このとき、初めて感じることができた。自分の行動が、人の命を救った。ずっと求めていたものだった。

「後のことは、僕に任せて。野田さんはゆっくり休んでください」

「でも――」

「大丈夫です。友人に刑事がいるので。彼に相談してみますから」

自分には、頼もしい仲間がいる。この世界に足を踏み入れた故に出会うことができたチームメイトが。彼らの力を借りれば、この状況も打開できるはずだ。

「ほら、もう泣かないで。そんなに泣いたら、せっかくの美しい二重がパンパンに腫れてしまいますよ」

直美の顔を覗き込み、励ましの言葉をかけた。相手の瞳をじっと見つめ、「それにしても、すごく綺麗な仕上がりですね。やっぱり幅を7ミリにして正解だったな。我ながら良い仕事しました」と軽口を叩く。

直美が噴き出した。彼女の顔にようやく笑みが戻った。

「――それで、これからどうします？」

一通り情報を共有し終えたところで、斉藤は本題に入った。

いつ殺人鬼が襲ってくるかわからない。このまま悠長にお喋りしている場合ではないだろう。

「戦うしかねえだろ」と、敵から奪い取った斧をぐるぐると回しながら、林が言い放つ。

斉藤は露骨に嫌そうな顔をした。「えぇー」

「情けない声出すなよ、お前だって元殺し屋だろうが」

「俺はただの会社員でしたから」

「いいから腹括《くく》れ。殺されたくないならな」

と、林が机から降りた。

「ちょっと待ってください」

勇み足になっている彼を、斉藤は制した。

「あ？」

「戦っても、解決しないと思うんです」

殺人鬼を返り討ちにしたところで、どうなるというんだ。

今のように建物内に閉じ込められたままでは、こちらが圧倒的に不利だろう。極力争いを避けつつ、ここから脱出するか、もしくは外部と連絡を取る方法を探すことが先決だ。

——というのが、斉藤の意見だった。

「まあ、たしかに一理あるな」林は嗤った。「さすが、いくつも修羅場を潜り抜けてるだけあるぜ」

「もう、馬鹿にしないでくださいよ」

からかうような言葉に、斉藤は口を尖らせた。

「とにかく、外に出るために、まずは手掛かりを探さないと」

すると、

「俺に考えがある」

と、林が得意げに言った。嫌な予感がする。どうせ碌《ろく》な案じゃないだろうと思ったが、一応確認する。「どんな？」

「殺人鬼を捕まえるんだよ」

やっぱりな、と斉藤は項垂れた。「……結局、武力行使じゃないですか」

「あいつらはゲームの運営側の人間だろ？　だったら、外部と通信する手段も持ってるはずだ」

その意見に関しては、斉藤も「たしかに」と思った。敵を捕まえて身ぐるみを剝げば、通信機器の一つや二つ見つかるかもしれない。

「でも、どうやって捕まえるんですか？」

林は「それも考えてある」と口の端を上げた。チョークを手に取り、黒板に図を描いて作戦を説明する。

林の計画を聞き、

「これ、本当にやるんですか……？」

と、斉藤は顔をしかめた。

「しくじるなよ」林はにやりと笑う。さすがはプロの殺し屋だ。こんな状況でも余裕が見られる。頼りになるな、と斉藤は感心した。

教室を出てから、林と別れた。打ち合わせ通り、斉藤は廊下を進み、その先の階段を降りた。

下の階に行くと――いた。殺人鬼だ。黒いローブのようなもので身を包み、麻袋を被った不気味な人物が、廊下のちょうど真ん中辺りに立ち塞がっている。

その手には、鉈《なた》のようなものを握っていた。

「ひっ」

いかにもなその出で立ちに、思わず悲鳴をこぼしてしまった。殺人鬼は斉藤に気付くや否や、凶器を振り上げて襲いかかってきた。

斉藤は踵を返し、走り出した。スピードを上げ、階段を全速力で駆け抜ける。それから、上の階の男子トイレへと逃げ込む。

殺人鬼が追いかけてきた。足が速い。追いつかれそうだ。相手が鉈を振り回す。その切っ先が斉藤の腕を掠めた。服が裂け、軽い痛みが走った。

トイレの奥へと進む。行き止まりだ。斉藤は壁際に追い詰められた。殺人鬼が目の前まで迫っている。

相手が鉈を振り上げた、その瞬間、

「い、今です！　林さん！」

斉藤は叫んだ。

その瞬間、個室のドアが勢いよく開き、林が飛び出してきた。

振り返る殺人鬼の顔面を、斧の柄で殴りつける。相手がよろけた隙に、林は男の後頭部を摑み、タイル張りの壁に数回叩きつけた。

相手は気絶し、その場に倒れ込んだ。

斉藤は安堵の息を吐いた。「よかった、上手くいきましたね」

「ほら、縛るぞ。手伝え」

掃除用具入れの中からホースを取り出し、男の体にきつく巻き付ける。身動きが取れないよう拘束したところで、

「こいつ、さっき戦った奴と違うな」男を見下ろし、林が呟いた。「さっきの奴より体格が小さい」

斉藤と合流する前、林は敵と一戦交えている。相手は麻袋を被った大柄な男で、斧を振り回していたらしい。林に襲いかかったが、返り討ちに遭い、武器を奪われ、尻尾を巻いて逃げ出したという話だった。

だが、今まさに目の前で伸びているのは、鉈を持った小柄な男だ。特徴が一致しない。

「それって……殺人鬼は、一人じゃないってことですか？」

斉藤はぞっとした。鬼が複数いるとなれば、それだけこのゲームの難易度が高くなってしまう。

「さあな。——ま、こいつに訊いてみりゃわかるだろ」林は男に手を伸ばし、袋を剝ぎ取った。

露になったその顔を見て、

「あっ」

と、斉藤は声をあげた。

「どうした？」

「この人……」

顔をじっと見つめ、確認する。やっぱりそうだ。見たことがある。

「知ってんのか？」

「はい。……あ、いや」

「どっちなんだよ」

「知り合いってわけじゃなくて」斉藤は記憶を振り返りながら答えた。「たぶん、前のゲームに参加してた人です」

「はあ？」

どういうことだ、と林が眉をひそめる。それはこっちが訊きたい。

そのとき、ちょうど殺人鬼の男が意識を取り戻した。詳しい話は本人に訊いてみるしかない。相手の喉元に斧を突き付けて脅すと、男はべらべらと喋り出した。

「気付いたらこの格好させられてて、人を殺せって命令されたんだ。誰かを殺さないと、俺らが殺されるんだよ」

男の証言によると、やはり鬼は複数いるらしい。それも、全員が一般人。要するに運営は、集めた被験者を獲物役と殺人鬼役に分け、殺しをさせているということだ。

獲物役は、生き残れたら勝ち。

殺人鬼役は制限時間内に全員を殺せたら勝ち。逆に言えば、一人でも生き残ってしまったら、自分たちが殺されてしまう、ということらしい。

真相を知り、

「悪趣味すぎる……」

斉藤が呟くと、

「同感だな」林も顔をしかめた。「それにしても、いったい誰が、こんなクソみたいなゲームを考えたんだ？」

7 回裏

不破雅子――クリニックのホームページを開き、情報を確認する。微笑みを浮かべる院長の写真とともに、挨拶の言葉や彼女の略歴が載っている。九州一と謳《うた》われる国立大学の医学部出身らしい。

クリニックの所在地は大濠だった。

地図を頭に叩き込むと、馬場は車のエンジンをかけた。国道を走りながら、これまで調べてきた情報を頭の中で反芻《はんすう》する。

リストの四人の男。馬場一善。塚田治。曽根俊明。――そして、最後の一人が、加藤隆一《りゅういち》。

加藤隆一は医師だった。加藤レディースクリニックの院長だが、この男もすでに他界している。自宅で首を吊《つ》って死亡したとのことだが、おそらくこの事件にも別所が絡んでいるのだろう。

加藤隆一には娘が一人いた。それが不破雅子。クリニックの現院長だ。旧姓は加藤──結婚して名字が変わったらしい。榎田の調べによれば、不破雅子の夫は五年前に病死している。二人の間に子どもはいなかったようだ。

馬場が医院に足を運んだのは、ちょうど昼休みの時間帯だった。しっかりと閉じられた自動ドアを強めにノックすると、女性スタッフが迷惑そうな顔で現れた。ジャーナリストだと偽りの身分を名乗れば、怪訝そうな顔をされてしまった。「院長に確認しますので、少々お待ちください」

しばらくして、院長室に案内された。

不破雅子はデスクで仕事をしているところだった。パソコンのキーボードを叩いている。「ジャーナリストの方が、どういったご用件で？」

探偵だということは隠したまま、馬場は告げた。

「実は、お父様の死について調べているんです」

不破の手がぴたりと止まる。ようやくこちらを見た。警戒した顔つきだ。「……どうして？」

「ただの自殺とは思えなくて」

「あなた、もしかして」不破が嗤った。「このクリニック欲しさに、私が父を殺したと思ってる?」

「いえ、そうではありませんよ」

馬場は否定した。これは本心だ。殺した犯人は知っている。

「お父様の話を聞かせてほしいんです。なにか事件に巻き込まれていたとか、命を狙われていたとか、そんな様子はなかったですか?」

すると、不破はため息をついた。

「もう十年以上昔の話だから、よく覚えてないわ」

本当に知らないのか、それとも何かを隠しているのか。判断がつかなかった。

「お父様に、自殺するような動機はありましたか?」

「人の心なんて、本人にしかわからないものでしょう」

「……ごもっとも」

彼女からは、これ以上なにも訊き出せそうになかった。相手はやり手の院長先生なのだ。突然現れた怪しげなジャーナリストに、安易に身内の情報を開示するような無防備なタイプではない。

ここは別の手を考えた方がよさそうだ。

とりあえず、餌だけ撒いておくか。馬場は偽の名刺を取り出した。表面には『フリ

ージャーナリスト　馬場善治』の文字と連絡先が記されている。

「なにか思い出したら、こちらにご連絡を」

名刺を不破のデスクの端に置くと、馬場は院長室を後にした。


雑用を終え、グエンはビジネスホテルに戻った。

シャワーを浴び、死臭を洗い流す。酷い出張だった。まさか、死体の処理までやらされるとは思わなかった。

とはいえ、あの女のワガママに付き合わされるのも、もう終わりだ。新事業の視察は終了。あとは報告書をまとめて提出するだけ。

近くのコンビニで買ってきた缶ビールを開け、部屋のテレビをつける。ちょうど野球の中継が放送されていた。そういえば、今は国際試合の真っ最中だったか、と思い出す。

そこまで興味はなかったが、暇つぶしに画面を眺めた。日本代表の四戦目。プエルトリコとの試合。ここまで日本は全戦全勝らしい。この試合に勝てば、一位通過で決勝トーナメントへと進むことができると、実況アナウンサーが説明していた。

酒を飲みながら一息ついていたところで、不意に電話がかかってきた。

『どうだった、例の事業は？』

上司からだった。

「いやあ、酷いもんでしたよ」

新事業の悪趣味な殺人について、グエンはありのままを報告した。

「副社長派が実権握ったら、うちの会社は終わりでしょう。なにか手を打つべきだと思いますね」

電話の相手は社長の側近。

表向きは副社長派の派閥についているグエンだが、その裏では社長派の人間と通じている。所謂二重スパイであり、出張の目的は敵の内情を知ることだった。

「明日の飛行機で、そっちに戻ります」

スケジュール通りだ。

ところが、上司からは思わぬ言葉が返ってきた。『いや、まだ戻ってくるな』

「は？」

『もう一仕事、頼まれてくれ』

グエンは眉をひそめた。拒否権はなさそうだ。「残業代出ますよね？」

お構いなしに上司は話を進めていく。

『お前、狙撃は得意だったよな』

「はあ？　狙撃？」唐突な話に、グエンは慌てた。「ちょっと、俺に何やらせようとしてるんすか」

『社内研修で、いい成績を残してるじゃないか。当時のデータが残ってるぞ』

「研修って、もう何年も前の話でしょ……」

『ホテルのフロントに行って、封筒を受け取れ。指示はそこに書いてある』

「……手回しの早いことで」

電話はそこで切れた。

グエンはため息をついた。せっかく出張最後の夜をのんびりと過ごそうと思っていたのに。大変な仕事を任されることになりそうだ。

飲みかけの缶ビールを置き、グエンは部屋を出た。

8回表

事務所に帰宅し、馬場はソファに腰を下ろした。同居人は泊まりがけで外出すると言っていたので、今日は帰ってこないはずだ。一人きりの空間が、やけにしずかに感じてしまうのは気のせいだろうか。

テレビをつけ、野球中継にチャンネルを合わせる。ちょうど今夜は世界大会の決勝戦の日だった。試合はまだ始まったばかりだ。1回の表。日本代表が守備についている。

ぼんやりと中継を眺めながら、頓挫している調査について思いを馳せた。四人の人物の情報を頭の中で整理する。

馬場一善──水産会社の社員。会社が闇金と繋がっていた噂あり。
塚田治──偽造文書作成のプロ。詐欺師グループ所属。
曽根俊明──美容整形医師。ヤクザからの仕事を請け負っていた。

そして、加藤隆一——産婦人科医院の院長。

不可解な点が多すぎる。

まず、どうして彼らは同じ殺し屋に狙われたのだろうか。四人を結びつけるものはいったい何なのだろうか。どんなに考えてもわからなかった。

疑問は他にもある。曽根俊明の死体は異様だ。水や食料を与えず、ゆっくりと死に至らしめている。なぜ、わざわざ、こんなに手間のかかる方法を取る必要があったのか、理解に苦しむ。

別所は合理的な人間だ。快楽のために人を苦しめるようなことはしない。それでもこうして拷問まがいのことをしているということは、なにか理由があるはずだ。曽根から聞き出したい情報があった、とか。口を割らせるためだったとしたら、この殺し方にも納得がいく。

たとえば、と考えてみる。

仮に、依頼人の命令で、別所は誰かの行方を追っていたとしたら。その人物は、追手から逃れるために整形で顔を変えたかもしれない。そして、その施術をしたのが曽根だった。だから、別所は曽根を拷問し、標的の情報を聞き出そうとした。——考えられない話ではない。

同様の理由で殺されたとすると、塚田が狙われたことにも説明がつく。彼は文書偽造を生業としていた。顔を変えた逃亡者が身元を偽装しようとして、塚田に新しい身分証を注文した。その仕事に関わってしまったばかりに、塚田は別所に始末される破目になった。

——では、父親の場合は？

あの人が犯罪に手を染めていたと考えたくはないが、彼が勤めていた水産会社は裏稼業との繋がりがあったという話だ。もし仮に、その噂が事実だとしたら、ありえないことでもない。

馬場はしばらく考え込んだ。

逃亡者と、義父の会社とを結びつけるものといえば——思いつくものはひとつしかない。

——船、か。

顔を変えて身分を変え、船に乗って国外へ逃げようとした。それを手引きしたのが父親だったとしたら、辻褄が合う。

接点のない、バラバラだった三人の男が、ようやく一つの線で繋がったような気がした。

だが、四人目の男だけは結びつかない。これが最大の疑問である。

産婦人科の院長である加藤隆一は、なぜ殺されなければならなかったのか。その答えがわからない。

狙われるからには、それ相応の理由があるのだろう。きっと加藤にも裏社会との関わりがあったはずだ。医院ぐるみで悪事に手を染めていたかもしれない。彼に何か後ろ暗いことがあるのは確実なのだが、残念ながらそれを知る術《すべ》がなかった。

ここへ来て暗礁に乗り上げてしまった。お手上げだ、と馬場が天井を仰いだ、そのときだった。

不意に、事務所のドアが開いた。

林が帰ってきたのだろうか。テレビに視線を向けたまま、馬場は「おかえり、早かったね」と声をかけた。

ところが、

「ボクだよ」

返ってきたのは、林の声ではなかった。入り口に視線を向ければ、プラチナブロンドの男が立っていた。

榎田だ。

馬場が用件を尋ねるよりも先に、榎田が口を開く。

「どう？　例の調査は進んでる？」

答える代わりに、馬場は肩をすくめてみせた。今まさにそのことで頭を悩ませていたところである。

これまでの聞き込みの成果を、馬場はすべて榎田に話すことにした。あまり彼を頼りすぎるのもよくないとは思うが、一人でぐだぐだと考えていても埒《らち》が明かない。ここはプロの情報屋の意見を仰ぎたいところだった。

一通り話を聞いた榎田が、

「なるほど、要するに」と、結論をまとめる。「四人目の加藤隆一に関しては、裏社会と繋がりがあったかもわからない。加藤の娘に話を聞こうとしたけど、守りが固くて打つ手なし、って感じ？」

「そういうこと」

あの日、現院長である不破雅子から父親の情報を引き出そうとしたが、馬場は軽くあしらわれただけだった。そのまた翌日、もう一度クリニックを訪れてみたのだが、今度は門前払いを食らった。院長に取り次いでもらおうと何度も電話をかけてみてもやはり無駄だった。

「娘が何も喋ってくれんっちゃん。なんか隠しとるような感じやし、叩けば埃が出てきそうやけど」

するとと、

「出るよ、埃」榎田が断言した。「娘の方なら」

リュックの中から紙の束を取り出し、馬場に手渡す。

「これ、何？」

「加藤の娘――不破雅子についての情報。読んでみて」

目を通し、馬場はその内容に思わず眉をひそめた。そこには、不破が手を染めている非道な事業の情報が事細かに記されていた。「……子どもの人身売買か。えげつないことしとるんやね、あの人」

それにしても、タイミングが良すぎる。どうして榎田がこんな資料を持っているのか。まさか、自分のために、わざわざ彼女について調べ上げてくれたのだろうか。

「……もしかして榎田くん、俺の調査が行き詰まることを見越して、予め調べとったと？」

さすがにそこまで親切心で動いてくれていたわけではないらしい。いや、と榎田は否定する。

「偶然だよ。他の顧客の依頼で調べてたら、たまたま行き着いただけ」

「へえ」

「この女、最近は犯罪組織にも投資してるみたいでさ。殺し屋を集めて殺し合いさせるゲームにも出資してる」

どこかで聞いた話だ。馬場はすぐにぴんときた。「それって、おやっさんとこの殺し屋が参加した、あの？」

「そう、それ」榎田が頷く。「優勝した殺し屋の関係者から聞いた話だから、間違いないはずだよ」

なにはともあれ、これで先に進むことができそうだ。馬場は礼を告げた。「ありがとね、榎田くん。ばり助かった」

父親の加藤隆一はともかく、娘の方は真っ黒だった。この情報を餌にすれば、さすがに不破もこちらを無視できないだろう。

「じゃあ、ボクはこれで」

と、榎田が背を向ける。

せっかく来たんやし、と馬場は彼を呼び止めた。テレビを指差す。「試合、一緒に観らん？」

「うん、そうしたいのは山々だけどさ」携帯端末を操作しながら、榎田は肩をすくめた。「お客さんに呼び出されちゃったから、行かなきゃ」

それならば仕方ない。売れっ子の情報屋は事務所を出ると、慌ただしくビルの階段を駆け下りていった。

病室を出て、佐伯はすぐに重松に連絡を入れた。彼の働きかけにより、野田直美は警察で保護してもらえることになった。

仮に彼女の証言が本当だとしたら、まだ捕らえられている人間がいる。そこに林も含まれている可能性が高い。早く助け出さなければ。とはいえ、どこでゲームが行われているのか、本当にそんな犯罪が起こっているのか、確かな証拠はなかった。これでは警察を動かすことはできない。

まずは、彼らの居場所を突き止めなければ。

こういうときに頼れるのは、我らがリードオフマンしかいない。佐伯はさっそく榎田を呼び出した。今は馬場探偵事務所にいるとのことなので、博多まで車を走らせて迎えに行った。

博多駅の筑紫口《ちくし》で榎田を拾った。車に乗り込み、助手席のシートベルトを締めている彼に、

「林くんが危ないかもしれません」

挨拶もなく本題に入った。事は一刻を争う状況だ。移動しながら野田直美の件を説明する。

「つまり、林くんもその治験に参加しちゃった、ってこと？」

「ええ。何度も電話しているんですが、繋がらなくて」

近くのコインパーキングに車を停める。聡《さと》い情報屋はすぐに現状を把握し、リュックの中から愛用のノートパソコンを取り出した。「とりあえず、林くんの現在地を調べてみよっか」

「お願いします」

しばらくキーボードを叩いていた榎田が、

「……駄目だね」と、ため息をついた。「GPSでも居場所を突き止められない。端末が使えない状態になってるみたい」

そのときだった。榎田のスマートフォンに着信が入った。画面を一瞥し、彼は眉根

を寄せている。じっと端末を見つめたままだ。

　通話を躊躇う榎田に、佐伯は「どうぞ、遠慮なく出てください」と促したが、彼は首を振った。

「いや、知らない番号からなんだよね」

と、訝しげな表情で答える。

とはいえ、このまま無視するわけにもいかないだろう。通話に切り替え、榎田は警戒した声色で告げた。「……もしもし？　誰？」

「腕、大丈夫か？」

林は尋ねた。囮《おとり》になった際に怪我《けが》をしたようだ。二の腕から出血が見られる。斉藤は「ただの掠り傷です」と笑った。

　林たちは一階の保健室に移動した。親切にも応急処置のセットが置いてある。これもゲームのアイテム的な意図があるのだろう。運営の掌の上で転がされているようで気に食わないが、遠慮なく使わせてもらうことにした。

包帯を巻いて止血し、簡単な手当を終えたところで、

「それにしても、困ったことになりましたね」

斉藤がため息をついた。まったくだ、と思う。「まさか、どっちも参加者だとは思わなかったな」

尋問によって、殺人鬼役も参加者である事実が判明した。敵も自分たちと同じ、なにも知らずにゲームに参加させられた人間なのだ。となると、乱暴を働くわけにもいかない。

林たちは保健室に身を潜め、再度作戦を練り直すことにした。

「こうなったら、どうにかして運営の奴らを引きずり出すしかないな」

「なにか方法はあるんですか？」

「ここから脱走する。そしたら、追手が来るだろ」

被験者が逃げ出せば、連中は血相を変えて追いかけてくるはずだ。彼らが携帯端末を身に着けていないはずがない。返り討ちにして、それを奪うまでだ。

ところが、

「それは無理ですよ」

と、斉藤は否定的だった。

「なんでだよ」

「完全に封鎖されてますから、この建物」

隅々まで検《あらた》めたが、脱出できそうな場所はなかったらしい。窓やドアはどこも塞がれ、外に繋がるような場所はないという。

「徹底してんな」

「手詰まりですね」

斉藤が肩をすくめた。

「そもそも携帯を奪ったところで、電波通じるんですかね、ここ。ド田舎の山奥とかだったら、打つ手なしですよ」

「いや、通じるだろ。カメラあるんだから」

林は天井の隅を指差した。監視カメラがこちらを見つめている。この部屋に限ったことではなく、学校内の至る所に設置されている。これだけの数のカメラを稼働させている場所が、電話もネットも通じないとは考《かんが》え難《がた》い。

「……その手があったか」

ふと、頭に妙案が浮かぶ。

「え？　なんですか？　その手ってどの手ですか？」

斉藤の言葉を無視し、林は立ち上がった。「外に出られないのなら、相手を中に誘《おび》き寄《よ》せればいい」

「はい？」

「お前、ちょっと屈《かが》め」

「ええ？」

「いいから、いいから」

言われた通り、斉藤は姿勢を低くした。林はその首を跨《また》ぐようにして、斉藤の肩の上に左右の足を置いた。所謂、肩車の体勢だ。

「重っ……ちょっと、いきなり何なんですか」

「いいから動け。右だ右、もっと右。おい、行きすぎだ。――そこ、ストップ」

部屋の端に到着したところで、林は天井に腕を伸ばした。監視カメラに向かって斧を振り下ろす。レンズが真っ二つに割れた。

「よし、もういいぞ。降ろせ」

監視カメラのレンズは粉々に砕かれている。これでもう使い物にならない。

「こうすれば、部屋の中の様子がわからないだろ？」

「そりゃ、まあ」

「連中は俺たちが中で何をしてるか、気にならないか？」

「はい、まあ」

「もしかしたら脱走したんじゃないかって、確認したくならないか？」

「……ああ、なるほど」

斉藤もようやく理解できたようだ。二人はすぐに動いた。林はデスクの下、斉藤は掃除用具入れの中に隠れ、息を潜める。

ドアが開いたのは、その十数分後のことだった。

一人の男が現れた。殺人鬼と同じ格好をしているが、左手に携帯端末、右手には拳銃のようなものを持っている。明らかに他の連中とは違う。

「到着しました。誰もいないようです。……はい、確認します」

男は電話を切り、懐中電灯に持ち替えた。辺りを見渡している。窓を調べはじめたところで、林はゆっくりと忍び寄り、背後から男に襲い掛かった。首に腕を回し、力を込める。

しばらくして、男は意識を失い、その場に頽れた。

「上手くいきましたね」掃除用具入れの中から斉藤が出てきた。

「ここまではな」

男の懐を漁り、端末を奪い取る。生体認証が必要だった。だらりと垂れた男の腕を持ち上げ、人差し指の指紋を拝借する。ロックが解除できた。

林は慣れた手付きで電話番号を入力した。相手は馴染みの情報屋だ。番号は記憶している。発信画面に切り替わり、呼び出し音が続く。

しばらくして、

『……もしもし？　誰？』

声が返ってきた。

よかった。繋がった。ひとまず安堵する。

「キノコか？　俺だ、林だ」

『あ、無事だったんだ』

すべてを知っているような口振りだ。どうやら佐伯が手回ししてくれたらしい。説明する手間が省けた。

「今はまだ、な。閉じ込められてて逃げらんねえ。なんとかしてくれ」

『わかってる。今からその番号にショートメッセージでＵＲＬを送るから、そのリンク先にあるデータをダウンロードして』

「それで、どうなるんだ？」

『キミが今使ってる端末がウイルスに感染して、すべてがこっちに筒抜けになる。通話やメールの履歴も、GPSの情報もね。現在地を突き止めたら、警察に通報しとくよ』

「救急車も頼む」

『了解』

通話が切れた。指示に従い、送られてきたリンク先へと飛ぶ。そこのファイルをダウンロードした。

「……どうでした？」

斉藤が不安げな顔で端末を覗き込んだ。

「今、キノコが現在地を割り出してる。そのうち警察が来るだろ」

「よかったぁ」

警察の平均到着時間は八分前後だと言われている。ただ、こんな廃校が都心にあるとは思えないので、時間はさらに多くかかるはずだ。

「じゃあ、警察が来るまで、どこか安全な場所に隠れて――」

という斉藤の言葉を無視し、林は立ち上がった。斧を握り直す。

入り口のドアを開けようとしたところ、

「――って、どこ行くんですか！　危ないですよ！」

斉藤が慌てて止めに入った。

「隠れてる場合じゃねえだろ」

「えっ」

「警察が来るまでに、殺しを止めないとな」

これ以上、被害者も加害者も増やすわけにはいかない。この悪趣味なゲームを終わらせてやる。

行くぞ、と林は保健室を出た。

榎田の情報は大いに役に立った。

馬場はさっそく不破に餌を撒いた。以前に名乗ったジャーナリストという肩書きを利用し、『子どもの人身売買についての意見を、産婦人科医の視点から聞かせてもらいたい』という含みのあるメールを送ったところ、すぐに不破から返信が届いた。さすがに無視できなかったようだ。これから会って話がしたい、とのことだった。

馬場は車を飛ばした。

指定された場所は博多埠頭《ふとう》だった。密会場所としてはもちろん、邪魔者を始末する場所としても申し分ないロケーションだ。警戒するに越したことはない。馬場は少し離れた場所に車を停めると、得物を入れたバットケースを担ぎ、約束の場所まで歩いて向かった。

海沿いの倉庫の前に、一台の黒塗りの高級車が停まっている。

馬場が現れたのを見計らい、車から女が降りてきた。不破雅子だ。ヒールの音を打ち鳴らし、こちらに近付いてくる。

馬場の正面に立つと、

「誰の差し金で調べてるの？」

と、低い声で尋ねた。当然ながら、機嫌は良くはなさそうだ。

馬場は相手を真っ直《ま》ぐ《す》に見据え、答えた。「誰でもありませんよ。ただ、俺が知りたいから調べてるだけです」

なぜ、自分の父が殺されなければならなかったのか。どうしても知りたかった。知らなければならないのだ。そのためなら、多少の荒事も辞さないつもりだ。

「父親のことを話せば、あんたの悪事は黙っといてやる」

馬場の脅しに、不破は何も言わなかった。ただ徐に煙草を取り出し、口に咥《くわ》えただけだ。黙り込んだまま火をつける。

馬場は相手の言葉を待った。

不破が白い煙を吐き出し、嗤う。

「こんな場所に呼び出されて、たった一人で来るなんて」

そう言いながら、コートのポケットから何かを取り出す。

「あなた、命知らずの馬鹿ね」

小型の自動拳銃だった。その銃口を馬場の顔に向ける。

次の瞬間、一発の銃声が埠頭に響き渡った。

不破が引き金を引く直前に、馬場は動いていた。すばやく身を屈めて銃弾を避けると、間合いを詰めた。女の鳩尾《みぞおち》を強く殴りつけ、気絶させる。

不破はその場に倒れた。

「目が覚めたら」女を見下ろし、呟く。「話、ゆっくり聞かせてもらうけんね」

まずは場所を移動しなくては。女の体を抱えようとした、そのときだった。不意に殺気を感じた。馬場はすばやく振り返った。

——誰か、いる。

不破の車の傍に人影がちらついた。

その暗がりの中から、突然、黒い塊のようなものが飛んできた。

馬場はとっさに横に移動し、それを躱した。

いったい今のは何だったのか。後ろを振り返り、目を凝らして確認する。その黒い塊は馬場の傍を通過し、背後にある倉庫の壁に突き刺さっていた。

――手裏剣だ。

こんな得物を使う変わり者なんて、一人しか知らない。

「な、なんで」馬場は驚き、目を見開いた。「なんであんたが、ここに――」

8回裏

聞けば、マーダー・インクの社員の仲介で猿渡に接触してきたのは、不破雅子という名前の女らしい。職業は医師だそうだが、普通の医者が殺し屋なんてものを雇いたがるはずがない。どういうニーズを持っているかは知らないが、危ない人物であることは容易に想像がつく。新田は警戒を解くことができなかった。

顧客の職場は、中央区の大濠公園駅から徒歩圏内にある産婦人科医院だった。診療時間外に医院まで来てくれ、と指定された。医院のホームページを調べてみると、診療時間は十八時半までだということがわかった。

猿渡を助手席に乗せ、車を走らせる。医院に到着したのは十九時頃だった。エレベーターに乗り込む。立地の良いオフィスビルだ。その五階のフロアを【加藤レディースクリニック】が丸ごと占めている。

自動ドアを抜け、クリニックに足を踏み入れる。中にはまだ患者が数名いた。完全予約制だとサイトには書かれていたが、だいぶ診察の時間が押しているようだ。

受付のスタッフに用件を告げると、「そちらでお待ちください」と待合室の席を勧められた。

「……ねえ、猿っち」

新田は小声で告げた。

「なんか俺たち、浮いてない？」

「そうかぁ？」

「そうでしょ、普通におかしいでしょ」

男二人で産婦人科に何の用があるというんだ。周囲の患者だけでなく、スタッフからも白い目で見られている。

居心地の悪さに居たたまれなくなっている新田とは対照的に、猿渡はまったく気にしていないようだった。殺気以外の視線には無頓着なのかもしれない。

状況が進んだのは、その一時間も後のことだった。

「もうすぐ先生が来られるので、こちらでお待ちください」と、新田たちは院長室に案内された。広い部屋だった。医学書の詰まった本棚に、大きなデスク。その手前には上等な二対のソファとローテーブル。どの家具も高級そうだ。

二人並んでソファに腰かけ、クライアントを待つ。

隣の猿渡は見るからに苛立っていた。散々待たされていたので無理もない。忙しいのはわかるが、呼び出しておいて時間を守らないなんて、さすがにどうかと新田も思う。

それからしばらくして、白衣姿の女性が現れた。彼女が不破雅子だ。医院のホームページに載っていた写真と同じ顔である。四十代後半にしては若々しい見た目をしていた。

彼女は「お待たせしてごめんなさいね」と、申し訳なさが微塵も感じられない声色で告げた。

そして、向かい側に腰を下ろし、

「こないだの戦いぶり、見事だったわ」

と、猿渡を褒めた。

こないだの戦いというのは、殺し屋のバトルトーナメントのことだ。猿渡の元同僚の話によれば、あのゲームの主催者はマーダー・インクという闇企業であり、それに出資しているのが、この不破という女らしい。

褒められたところで、機嫌が良くなるわけもなく、

「んで、用はなんかちゃ」

いつもの横柄な態度で猿渡は尋ねた。

「すみませんねえ、口がなってなくて」新田は謝罪を付け加えた。

だいたい八割くらいの客は猿渡のこういう態度に気分を害してしまうものだが、不破は軽く受け流すだけだった。

「別に、誰かを殺してほしいわけじゃないの」

煙草を咥え、火をつける。

それから彼女は、数枚の紙をテーブルの上に置き、こちらに見せてきた。そこには不破への恨みつらみが書かれていた。『人殺し』だの『悪魔だ』だのという誹謗《ひぼう》中傷に加え、『殺してやる』という殺意を隠さない直球な表現も見受けられる。

一読し、新田は視線を上げた。「脅迫状、ですか」

なにをしたらここまで恨まれるのだろうか。新田は心の中で首を捻った。たとえば医療ミスで患者や新生児を死なせてしまったとか？　この女の裏の顔が気になるところだ。

「よくあることよ。いろいろと恨みを買いやすいの」不破は涼しい顔で告げる。「中絶反対の過激派団体とか、なにかと因縁をつけてくるヤクザとか、敵が多くてね」

とりあえず、彼女の目的は摑めた。

「なるほど。誰かを殺したいわけじゃなくて、誰かに殺されそうなんですね」

「そういうこと」

不破は頷き、

「用心するに越したことはないでしょう？」と、唇を歪めた。「だから、一日百万でどうかしら？」

要するに、彼女は護衛を求めているわけだ。自分の命を狙う者を返り討ちにできるだけの、腕の立つ人材を探している。

日給百万というのは願ってもない好条件だ。コンサルタントとしてはぜひとも引き受けたいところだが、こんな仕事、相棒が承諾するはずもない。

「はあ？　俺にボディガードの真似事をしろっち？　ふざけんなちゃ」

案の定、猿渡は一蹴した。

やれやれ、と新田は肩をすくめる。「申し訳ありません。ご覧の通り、護衛業には向いてない性格でして」

すると、

「そう、残念だわ」

と、不破は思いの外あっさりと引いた。

話は終わりだと言わんばかりに、猿渡は腰を上げた。そのまま背を向けて退出するかと思われた彼の足が、不意にぴたりと止まる。

猿渡はその場に突っ立ったまま、じっと一点を見つめていた。どうも様子がおかしい。

「猿っち？　どうしたの」

新田は声をかけた。だが、返事はない。

数秒置いてから、

「……その名刺」

と、猿渡が呟いた。

彼が見ていたのは、不破のデスクだった。その端に小さな紙が置いてある。猿渡はデスクに近付いた。勝手に名刺を手に取り、紙面を睨みつけている。

ふと、表情が変わったように見えた。

「ああ、それ？」煙草の煙を吐き出し、つまらなそうな顔で不破が答える。「どこかのジャーナリストが、私のことを嗅ぎ回ってるみたいなの。まあ、こういうのもよくあることなんだけど。興信所とかフリーライターとか、胡散臭い人間が蠅《はえ》みたいに寄ってきて――」

「やる」

唐突な猿渡の言葉に、新田は目を見開いた。「……え？　今、なんて？」

「護衛の仕事、引き受けちゃる」

驚いた。急にどうしたんだ。仕事を断ったばかりなのに、いきなり掌を返して「やる」と言い出した。そもそも、護衛業なんて彼がいちばん嫌がりそうなのに。いったいどういう風の吹き回しだろうか。

名刺をグシャグシャに握り潰し、

「面白くなりそうやんけ」

猿渡は口角を上げた。

9 回表

不破雅子の護衛は退屈極まりなかった。

自宅から職場、職場から自宅と、車での移動にただ同行するだけ。なにかあれば呼ぶから仕事中は近くで待機しておけ、と命じられ、猿渡は言われるがまま近くの公園で時間を潰していた。いきなり電話で「コーヒー買ってこい」と言われたときは、さすがに「俺がこの女をブッ殺してやろうか」と思った。

そんな忍耐力を試される日々を過ごしていた猿渡だったが、その数日後、事態が大きく動いた。不破に「消したい男がいる」と相談されたのだ。秘密を握られ、強請《ゆす》られているという。

その相手こそが、例の男――馬場善治だった。

やっときたか、と猿渡の心は逸《はや》った。

埠頭に呼び出されたその男は、不破を殴り、気絶させた。そして、そのまま彼女を拉致しようとした。

男に向かって、猿渡は手裏剣を投げつけた。不意を突いた一投を軽々と躱され、思わずにやついてしまう。やはりその辺の雑魚とは格が違う。

猿渡を前にして、

「なんであんたが、ここに――」

馬場は驚きを隠せない様子だった。

「久しぶりやな、間抜け面」

「なんで、ここにおるとよ」

「護衛やけ」

端的に答えると、相手は露骨に嫌そうな顔をした。「……うわ、面倒なことになったばい」

猿渡は得物を握り直した。一歩、前に踏み出す。

すると、

「ちょっと待った」

馬場が掌をこちらに向け、動きを制した。

「俺はあんたの雇い主を殺すつもりはなか。ただ、話が訊きたいだけたい」

「あ？　やけんなんかちゃ」

「無駄な争いはやめん？　俺、今あんたと遊んどる場合やなくて――」

猿渡は相手に向かって手裏剣を投げた。突然の攻撃に、馬場が「うおっ」と声をあげながら回避する。

いくら説得したところで無駄である。自分たちには戦うという選択肢しかないのだから。

「お前に殺すつもりがなくても、俺にはある」得物の忍者刀を抜きながら、猿渡は口角を上げる。「お前を始末しろっち依頼されとるけ」

すばやく間合いを詰め、男の首めがけて刀を振り下ろす。その攻撃を、相手は背負っていたバットケースで防いだ。黒いケースが真っ二つに割れ、その中から使い込まれた日本刀が姿を現す。

「はよ抜けちゃ、それ」と、猿渡は顎で指した。

さすがに観念したようだ。馬場は肩をすくめ、

「……あんたを倒さな、あの女には近付けんってことやね」

渋々、鞘《さや》から刀を抜いた。構え、こちらを見据える。

――それでいい。

久々に戦う宿敵を前にして、感情が昂《たかぶ》る。血が滾《たぎ》る。

ようやく、だ。待ち望んだ殺し合いがついに始まる。この瞬間のために、あの屈辱の日々を過ごしてきたのだから。その分、しっかり楽しませてもらわなければ。

「簡単に死んだら許さんけ」

忍者刀を構え直し、猿渡は相手に直進した。

通報を受けてから警察が現場に到着するまで、長く見積もって十五分から二十分ほどだろう。その間、林にはやらなければならないことがあった。

このゲームにおける殺人を阻止する。

これ以上、被害者も加害者も出してはならない。連中の思い通りにさせるわけにはいかない。意を決して保健室を出たところで、林は斉藤に指示を出した。「お前はこの階から見回りをしろ。俺は上の階に行く」

すると、

「えっ」と、斉藤は不安そうな顔になった。「手分けするんですか？　一緒に回りましょうよ。その方が安全ですし」

「手分けした方が早いだろ。ほら、これ貸してやるから」万が一のときのための護身用に、と斧を手渡す。斉藤は渋々受け取った。

「行くぞ」

保健室の前で斉藤と別れ、林は階段を上った。

最上階に到着したところで、廊下をうろつく人影が目に入った。例のごとく頭に麻袋を被り、凶器を所持した人間が徘徊している。殺人鬼役の被験者だ。

その殺人鬼は、林を見つけた途端に接近してきた。

「待て！　もう殺さなくていい！」

林は声をあげた。

その瞬間、相手の足がぴたりと止まった。

「……え？」

女の声だった。麻袋越しに高い声が聞こえる。

「あんたも俺たちと同じで、変なゲームに参加させられてんだよな？　俺らを殺すように命令されてるだけだよな？」

という林の言葉に、女は小刻みに何度も頷いた。

「通報したんだ。もうすぐ警察が来る。俺たちは助かる」

「本当に？」

「ああ」

よかった、と涙声で女が言う。あの男の証言の通り、やはり彼女たちは殺しを強要されていただけのようだ。

女の話によると、殺人鬼役に選ばれた者は全部で三人いるという。一人はすでに確保し、トイレの個室に閉じ込めている。残るは一人だ。早く見つけなければ。

警察が来るまでどこか安全な場所に隠れているよう命じ、女と別れた、そのときだった。下の階から悲鳴が聞こえてきた。

急いで階段を駆け下りる。三階の廊下を走り、声のする方向へと突き進む。林は部屋に飛び込んだ。

二年五組と書かれた教室。その黒板の前に人が立っていた。包丁を持っている。その凶器を、今まさに、目の前の女に振り下ろそうとしている。

「やめろ！」

林は叫んだ。

殺人鬼が動きを止め、こちらを振り返る。その隙に女は逃げ出した。

林は睨みつけるように相手を見据えた。背格好からして、おそらく自分が最初に遭遇した奴だろう。両手を上げ、ゆっくりと近付く。「誰も殺すな。ゲームは終わりだ」

すると、

「……あ?」袋越しにくぐもった声が返ってきた。「なんだって?」

「通報した。もうすぐ警察が来る。俺たちは助かるんだ」

だから、もう殺さなくていい。武器を捨てろ。みんなでここから逃げよう。林は状況を説明した。

ところが、思いもしない言葉が返ってきた。

「……余計なことしやがって」

舌打ちが聞こえる。男は頭に被っていた袋を取ると、強く床に叩きつけた。

「なんで通報しちゃうかなあ。せっかく楽しんでたのに」

若い男だった。苛立った表情を浮かべている。凶器を捨てるどころか、その男はこちらに向かって攻撃してきた。

「うおっ、危ねえな」後ろに下がり、とっさに攻撃を避ける。「やめろって言ってんだろうが」

相手は聞く耳を持たない。不気味な笑みを浮かべ、包丁を振り回す。

──この男、殺しを愉《たの》しんでやがるのか。

「……役に呑まれやがったな」

林は顔をしかめた。説得は無駄のようだ。だったら、力で制圧するしかない。林は身構えた。

立て続けに襲いくる攻撃。丸腰では近付くことができない。おまけに相手の方が断然リーチが長く、圧倒的に不利な状況だ。

どうやってこの状況を打開しようか。攻撃を避けつつ反撃の機会を窺っていた、そのときだった。

「林さん！」

名前を呼ばれた。

教室の後方の出入り口に、斉藤が立っている。

「これを！」

斉藤が叫んだ。

助走をつけて彼が投げたのは、あの斧だった。回転しながら宙を舞い、林の方向へと一直線に飛んでくる。背後の黒板に突き刺さったそれを引き抜くと、林は体を翻した。相手の凶器を弾いてから、勢いよく男の頭に向かって振り上げる。強固な斧頭が相手のこめかみに直撃した。

勢いをつけた急所への衝撃に耐え切れず、男はその場に倒れた。完全に意識を失っている。

駆け寄ってきた斉藤に、

「ナイスボール」と、林は声をかけた。「いいコースだった」

ここまで届く肩の強さと、狙い通りの場所に当てるコントロールの良さ。さすがはうちのエースだ。

「へへ、どうも」

斉藤は嬉《うれ》しそうに微笑んだ。

「これで全員だな」と、林は男の体をブーツの爪先で突いた。

「ですね」斉藤は視線を落とした。倒れている男を見つめ、呟く。「この人……」

「知ってんのか？」

「前回のゲームにも参加していました。彼が独り勝ちしようとしたせいで、人が死ぬ破目になったんです」

「なるほど」

野田直美も、その犠牲者の一人というわけか。

　やがてパトカーのサイレンが聞こえてきた。この悪趣味な戯れも、ようやく終わりを迎えられそうだ。


　夜のしずかな埠頭に金属の音が響き渡る。忍者刀と日本刀がぶつかり合い、激しい火花を散らす。

　そんな中、猿渡はふと違和感を覚えた。

　――こいつ、なんか様子がおかしいな。

　にわか侍とはこれまで何度か手合わせしてきた。だが、今日の彼は何か違う気がする。まるで、いつも対戦している打者が、急にバッティングフォームを変えたときのような、些細な違和感がある。自分の感覚に小さなずれが生じている。

　いったい何が原因なのか。はっきりしない、その妙な違和感を拭えないまま、猿渡は宿敵と対峙《たいじ》していた。

　そのときだった。馬場が突進してきた。日本刀の鋭い突きが猿渡を襲う。とっさに後方へと避けた。

刀の切っ先が服を掠った。

危ないところだった。あと一秒、動きが遅かったら、あの刃が自分の胸元を貫いていただろう。

迷いのない攻撃だった。

――そういうことか。

猿渡ははっとした。

違和感の正体に気付く。今日の馬場は、確実に急所を狙ってきているのだ。普段のあしらうような太刀筋ではなく、本気で自分に致命傷を負わせようとしている。

今までは本気ではなかったということか。手を抜いていたことには腹が立つが、これで全力の宿敵を倒すことができるというのは、願ってもないことだ。

ならば、こちらも全力でいくしかない。

この時間を長く愉しみたいところだったが、戦いを引き延ばそうという考えは捨てることにした。早々に決着をつけてやる。

馬場が構えを変えた。攻撃が来る。猿渡はすぐに後ろに下がって距離を取った。相手の刃が空を切り裂く。

脳内で瞬時に攻撃を組み立てる。投げ物のコース、速度、種類。手裏剣の残りは十枚。決着をつけるには十分だ。頭の中で計算し、最も確実に相手を追い詰める方法を導き出す。

まず、相手の右半身を狙って、手裏剣を投げる。一枚、二枚……三枚あれば十分だろう。そうすると、敵は自然と左側に移動して攻撃を避けるはず。だが、その先には倉庫の壁がある。これ以上は逃げきれない場所まで追い詰めたところで、同時に三枚を投げる。右にも左にも躱せないコースを狙う。となれば、相手は刀でそれを叩き落とすしかない。

その瞬間、隙が生まれる。攻撃をガードしている最中は刀の動きを封じられる。そのときがチャンスだ。間合いを詰め、無防備な相手の体に刃を突き立てればいい。

——次でケリつけてやる。

頭の中で思い描いた通りに、猿渡は手裏剣を投げた。立て続けに三枚。予想通りに馬場の体は動いた。壁際に追い詰めたところで、三枚の得物を同時に投げつけ、すかさず相手に向かって突き進む。

迫りくる攻撃に備え、馬場が刀を構えた。

ところが、次の瞬間、相手は信じられない行動に出た。

手裏剣を避けなかったのだ。

刀を構えたまま、馬場が突進してきた。一枚は頬を掠め、もう一枚は肩に、最後の一枚は刀を握る腕に突き刺さった。それでも馬場は動きを止めなかった。

やべえ、と猿渡は舌打ちした。

とっさに後ろに引こうとしたが、間に合わなかった。馬場の大振りな一太刀を、なんとか忍者刀で受け止める。だが、片手では抑えきれなかった。腕力は相手の方が上だ。受け止めきれなかった。

勢いそのままに刀が弾き飛ばされた。丸腰になった猿渡の胸ぐらを、馬場が掴み上げる。

「場所が悪かったね」

次の瞬間、体が浮いた。

自分の身になにが起こったのか、最初はわからなかった。

「――あ?」

体が宙を舞う。ようやく理解が追いついた。思い切り投げ飛ばされたのだ。そのまま猿渡は後方へと弾かれ、足場を失った。

背後は――海だ。

水飛沫《みずしぶき》が上がる。体が海中に沈み、冷たい水に飲み込まれる。十一月半ばの海水は氷のように冷たく、まるで心臓を鷲摑《わしづか》みにされたかのような衝撃を覚えた。

だが、問題はそれだけじゃない。

泳げないのだ。

それをわかっていて、この男は自分を海に突き落とした。

「げほっ、くそ、卑怯《ひきょう》やぞ」

海水が口から入ってくる。呼吸が苦しい。

「おとなしくあの女を渡すなら、助けてやる」馬場が言った。肩に刺さった手裏剣を引き抜き、地面に放り捨てる。

「がはっ、ふざけ、んなちゃ……誰が、貴様《きさん》なんかに」

助けを求めることは、負けを認めることだ。絶対にありえない。海水を飲み込みながら何とか言葉を返すと、馬場は踵を返した。

「ま、待てちゃ、こら」

猿渡は手足をばたつかせた。コンクリートを摑み、どうにか陸に這《は》い上《あ》がろうとした、そのときだった。

「……悪いけど」

猿渡の頭に衝撃が走った。馬場が強烈な蹴りを食らわせたのだ。

勢いよく弾かれ、体が再び海に沈む。

「今回ばかりは、あんたと遊んでられんとよ」

水飛沫に混じって、馬場の低い声が聞こえてきた。

冷たい水が体温を奪っていく。手足が痺《しび》れてきた。力が入らない。

それでも猿渡は懸命に藻掻《もが》き、海面から顔を出した。

馬場と目が合った。

冷淡な顔つきで猿渡を見下ろしている。なにを考えているのか読めない、酷く暗い瞳をしていた。

一瞬、恐怖を覚えてしまった。

——お前、本当にあの間抜け面か？

まるで別人だ。

溺れている自分を、男はただ無表情のまま見つめている。何の感情も籠っていないようなその顔が、朧《おぼろ》げな視界にちらついた。

9回裏

不破雅子のクリニックで用事を済ませ、新田たちは近くの店で夕食を取ることにした。適当な居酒屋に入り、テーブル席に向かい合って座る。

ノンアルコールの飲み物が先に運ばれてきたところで、

「ねえ、なんで急に気が変わったの？」

と、新田は話を切り出した。

護衛の仕事。それもちょっと傲慢そうな人物からの依頼。猿渡がいちばん嫌がりそうな仕事なのに、彼はご機嫌な様子で引き受けていた。いったい何が彼を動かしたのか、新田は気になってしょうがなかった。

「これ」

猿渡はパーカーのポケットを漁った。そこから、くしゃくしゃに丸められた紙を取り出し、テーブルの上に置く。

新田はその紙を確認した。皺を伸ばし、文面を読む。名刺だった。『フリージャーナリスト　馬場善治』とある。

「間抜け面が、あの女を狙っとる」

「……なるほど」

彼がこの仕事に乗り気になった理由が、よくわかった。因縁の殺し屋と手合わせできる機会があるのではないかと期待しているのだろう。

「でもさ、だからって、にわか侍と戦えると決まったわけじゃないし。本当に引き受けてよかったの？」

ただ、いろいろと懸念はある。新田は眉をひそめた。

「あの院長、結構ワケアリな感じだし」

運ばれてきた焼き鳥に齧り付きながら、猿渡は言葉を返す。「やけんなんかちゃ」

「猿っちが、面倒なことに巻き込まれないといいなって思って」

新規の客から仕事を引き受けるときは十分に注意しなければならない。相手がどんな人物なのか、なにも知らない状態なのだから。しかしながら、彼はそういうところに無頓着だ。本能のままに安請け合いしてしまう。

「だいたい、猿っちが護衛なんて、無理でしょ」

護衛というのは、ある意味、暗殺より難しい仕事である。敵が一人とは限らないのだ。警護対象者がどのような人物に狙われる可能性があるのか、普段の生活のどこに危険が潜んでいるか、しっかりと把握しておかなければならない。

そんな繊細な仕事、この大雑把な男には向いていないだろうに、

「は？　余裕やし」

と、本人は気にも留めていない。

変わらないな、と新田は目を細めた。昔からずっとそうだ。バッテリーを組んでいた頃から。いつも、敵のことはお構いなし。相手打者のデータを調べるのも、それをもとに対策を練るのも、すべて自分の仕事だった。

今でも、それは同じである。

「わかったよ」と、新田は肩をすくめた。彼がやりたいなら仕方ない。「あの女のことは、俺の方で詳しく調べとくから」

彼が最大限の力を発揮できるよう、裏でサポートする。彼に降りかかるリスクを極力排除する。それが、コンサルタントであり、相棒である自分の仕事だ。

「猿っちを守ることが、俺の役目だからね」

延長10回表

「――ま、待てっち、言いよろうが、っ」

仄暗い海に飲み込まれていく猿渡を残したまま、馬場が踵を返す。自分との戦いを放棄し、このまま立ち去ろうとしている。

そうはさせない。相手の背中に向かって、猿渡は大声で叫んだ。

「がはっ、逃げんな、ちゃ」

体が沈み、大量の海水が口に入ってきた。思うように喋れない。

水を吸い込んだ衣服が肌にまとわりつく。手足が重い。自由が利かない体に鞭《むち》を打ち、どうにか腕を動かす。残りの手裏剣を手に取る。それを、憎たらしい背中に向かって投げつける。

しかし、水中からでは上手く狙えない。手裏剣の軌道は大きく外れた。相手に掠りもしない。

それでも、猿渡は攻撃の手を止めるわけにはいかなかった。酸素を失いながらも次の手裏剣を握り、がむしゃらに投げつける。今度は命中した。だが、勢いはない。相手の背中に軽く弾かれ、そのまま地面に落ちただけだった。

不意に、馬場が足を止めた。振り返り、こちらに戻ってくる。

「……あんたのことは、殺したくなかったけど」

――邪魔するなら、しょうがなか。

低い声でそう告げた。

次の瞬間、馬場の手が伸びてきた。猿渡の髪を摑んだ。そのまま力を加え、海中に顔を押し込む。

息ができない。

足場のない水中にいる自分は圧倒的に不利だ。どんなに足掻いても相手の力を押し返すことはできない。

――くそ、このまま死ぬんか、俺。

酸素がない。苦しい。もう限界だ。

諦めかけた、そのときだった。

「――待ってください」

声が聞こえた。

その瞬間、馬場の腕の力が緩んだ。猿渡は激しく藻掻き、酸素を求めて海面から顔を出した。

咳《せ》き込《こ》み、呼吸を繰り返しながら、辺りを確認する。

そこには、新田がいた。

――なんで、お前がここに。

目を見張り、驚く。

新田は馬場と向かい合うと、

「こちらの負けです」

と、言い放った。

気絶している不破に視線を向けてから、言葉を続ける。「その女は好きにして構いません。……だから、彼の命だけは、助けていただけませんか」

ゆっくりと身を屈め、地面に両膝をつく。

「この通りです」

両手をつき、頭を垂れた。

馬場は何も言わなかった。無言で新田に背を向けた。不破の体を担ぎ上げ、そのまま闇の中へと消えてしまった。

呆気に取られている猿渡に、新田が「掴まって」と手を差し伸べた。その手を振り払い、自力で水中から這い上がる。

息を乱したまま、

「なんしてくれとんのか、貴様！」

猿渡は叫んだ。

埠頭に怒声が響き渡る。

許せなかった。敵に土下座で命乞いするなんて。

激しい憤りをぶつけても、新田は平然としていた。いつも通りの冷静な調子で答える。「あの人、本気だった。あのままだったら、猿っちは殺されてた」

殺されていた――その一言に、全身がかっと熱くなる。

歯を食いしばり、拳を握り締めた。それでも怒りを抑えることはできなかった。気付けば、相手の顔面を殴りつけていた。

新田の痩身が勢いよく弾かれ、地面に倒れ込む。

「命乞いされるくらいなら、死んだ方がマシちゃ！」

この男は、最もやってはならないことをした。自分のプライドを傷つけたのだ。許せることではない。

「……お前とは、もう仕事せん」

新田に背を向け、吐き捨てる。

「二度と俺の前に顔見せんな」

新田は何も言い返さなかった。無言のまま立ち去ってしまった。謝罪の言葉もなかった。謝られても許せるものではないが、言い訳ひとつしないことにも腹が立つ。ひび割れた眼鏡だけがその場に残されている。苛立ちが募り、猿渡はそれを踏みつけた。何度も、何度も。フレームは変形し、レンズが粉々に砕けていく。怒りは少しも収まりそうになかった。


「……あの殺し屋、どうやら役に立たなかったみたいね」

意識を取り戻した不破雅子の第一声は、恐ろしいほどに冷静だった。

気絶した不破を車に乗せ、馬場は場所を移動した。行先《いきさき》は箱崎《はこざき》埠頭。誰にも邪魔されずに尋問できる場所が必要だった。復讐屋《ふくしゅうや》に連絡し、彼らが使っている倉庫を借りることにした。

目が覚めたら、見知らぬ場所にいて、手足を拘束されて椅子に座らされている。そんな状況にもかかわらず、不破は顔色ひとつ変えない。さすが、ただの医者ではないだけあって肝が据わっているなと思う。それだけ悪事に手を染めてきたのだろう。馬場は感心すら覚えた。

「こんなことまでして、いったい何が知りたいの？」不破は薄ら笑いを浮かべて問いかけた。

「あんたの父親の、裏の顔」

向かい合い、馬場は答えた。

「裏の顔？」

不破が首を傾げる。ぴんときていないような表情だ。

「加藤隆一は自殺に見せかけて殺された。殺し屋に始末されるだけの理由があったってことやろ？　二代目のあんたなら、何か知っとるっちゃない？」

すると、不破はくすくすと笑い出した。

馬場は眉をひそめた。いったい何が可笑《おか》しいのだろうか。

「あなた、勘違いしてるでしょう。今の私が持っているものすべてが、親から譲り受けたものだと思ってる」

「違うと？」

「父は真っ当な医者だったわよ。私と違ってね」

真っ当な医者——要するに、加藤隆一には裏社会との繋がりはなかったということか。不破雅子が父から受け継いだものは、あのクリニックのみであり、彼女が所有している多大な資産、裏社会との繋がりは、すべて自らの手で築き上げたものだというのだろうか。

——だったら、なぜ加藤は殺された？

謎は深まるばかりだ。

「……ただ」

ふと、なにかを思い出したかのように、不破が口を開く。

「ひとつだけ、父が妙な話をしたことがあった」

「妙な話？」

「ええ。あれは、私が父の下で働きはじめた頃のことだったかしら。いきなり写真を渡されたのよ。男の写真をね。『いつか、この男がうちを訪ねてくるかもしれない。どんなことを訊かれても絶対に答えるな。なにも知らない、で通せ』——そう言われた。父のあんなに切羽詰まった顔を見たのは初めてだったわ」

その男というのは、やはり別所のことだろうか。馬場は確認のために尋ねた。「どんな男やった？」

「若くはないわね。五十代くらいかしら。白髪交じりで、良いスーツを着てた」

五十代で、白髪交じり。その特徴には別所は当てはまらない。だとすると、いったい誰のことだ。

「その写真は？　まだ持っとる？」

「ここにはない。でも、私のオフィスにあるわ」答え、不破の唇が歪む。「ねえ、取引しましょうよ」

「取引？」

「あなたに、その写真を渡す」

「だから、命を助けろと？」

「そう。その後は、お互い何もなかったように過ごしましょう。悪い話じゃないでしょう？」

不破の提案を突っぱねたところで、調査が行き詰まるだけだろう。ここは彼女の話に乗っておくしかない。馬場は承諾した。「わかった」

不破の拘束を解く。彼女は暴れることも逃げることもなく、おとなしく車に乗り込んだ。

それから、馬場は彼女のクリニックへと車を走らせた。

今は診療時間外だ。入り口は施錠されていて、中は真っ暗だった。不破が鍵を使って扉を開けた。彼女の後ろに続き、廊下を進んでいく。

院長室に入ると、不破はデスクに腰を下ろした。鍵のかかった引き出しを開け、中から一枚の写真を取り出し、

「これよ」

と、デスクの上に放った。

馬場はそれを手に取り、注視した。例の男が写っている写真だ。隠し撮りされたものらしく、男の視線はカメラから外れている。

その顔をまじまじと見つめたが、ぴんとこなかった。知らない顔だ。何者なのだろうか。

写真を睨みつけていると、不破が口を開いた。

「父は言ってたわ。『この男が来ても、患者の――」

不意に、彼女の言葉が止まった。

次の瞬間、馬場は驚き、大きく目を剥いた。

一瞬の出来事だった。窓ガラスが割れた。その直後、不破の額から赤い液体が噴き出した。

力を失った女の上半身が、デスクの上にどさりと倒れ込む。

——撃たれたのだ。銃で。

狙撃された。建物の外から。

不破は即死だった。

はっと我に返り、馬場は動いた。まだ敵がこちらを狙っているかもしれない。とっさに窓から離れ、死角に身を隠す。

いったい、誰がこんなことを——いや、考えるだけ無駄か。護衛を雇うくらいなのだから、誰に命を狙われていてもおかしくない。

くそ、と吐き捨てる。せっかくの手掛かりが潰《つい》えてしまった。

写真を上着のポケットに突っ込み、馬場はすぐさま医院を抜け出した。

延長10回裏

上司の指示に従ってホテルのフロントに確認したところ、グエン宛てに郵便が届いていた。一通の封筒だ。中身は小さな鍵。どうやらコインロッカーの鍵らしく、数字が書かれていた。封筒の裏側には次に向かうべき場所の住所が記されている。まるでスパイ映画みたいな手の込んだやり口だな、とグエンは思った。

指定の場所は博多駅だ。駅ビルの三階にあるコインロッカー。該当の数字に鍵を差し込み、扉を開ける。

中には、楽器ケースのような黒い箱が入っていた。

ケースの外側に、一枚の封筒がテープで貼り付けられている。封筒の中には、また別の鍵が入っていて、裏面には、これまたどこかの住所が記されている。今度は中央区だった。

さっそくグエンは次の指定の場所へと向かった。たどり着いたのは一軒の雑居ビルだった。指示通り八階まで上ると、扉があった。

封筒に入っていた鍵を使って開け、中に入る。そこは空きテナントだった。物がなにもなく、がらんとしている。

殺風景な部屋の中で、グエンはケースを開けた。

中身は予想通り、狙撃用のライフルだった。

上司は「仕事を頼みたい」と言っていた。「狙撃は得意か？」とも。どうやら、このライフルで誰かを射殺しろ、という命令のようだ。ただでさえ出張でこき使っておいて、その上骨の折れる残業まで押し付けてくるなんて。相変わらず人使いの荒い会社である。

ケースの中には標的の写真が同封されていた。そこに写っている顔に、グエンは驚いた。

「……マジかよ」

思わず呟きが漏れる。

白衣姿の女。散々見てきた憎たらしい顔。

それは、不破雅子の顔写真だった。

彼女を殺せというのか。副社長の大事な金蔓《かねづる》である、あのスポンサーを。

ライフルを組み立てながら、

「……こりゃ、本格的に戦争が始まるぞ」

呟き、グエンは会社の未来を憂いた。

部屋には大きな窓があった。スコープ越しに外を眺めてみる。ちょうど不破のクリニックが見えた。それも、彼女のオフィスが。他の建物に遮られることなく、しっかりと確認できる。狙撃するにはベストな位置だ。

——準備のいいことで。

グエンは苦笑した。用意周到だ。

武器だけでなく、お誂《あつら》え向《む》きの場所まで手配済みとは。まるで、最初から彼女を始末する気だったように思えてならなかった。自分が福岡に送り込まれたのは、二重スパイとして敵の内情を探るためではなく、その中枢を暗殺するためだったのかと邪推したくなるほどだ。

「んじゃ、憎たらしいあの女の頭をブチ抜いてやりますかね」

ライフルを固定し、院長室に狙いを定める。ここからは忍耐勝負だ。彼女がいつクリニックに戻り、あの椅子に座るかわからない。早ければ今日中に決着がつくだろうし、長ければ数日はここでじっと待ち構えていなければならない。

早めに標的が現れることを祈りながら、グエンは張り込みを続けた。

延長11回表

警察が到着し、残りの被験者は全員無事、警察に保護された。

数台のパトカーのライトが建物を照らしている。生い茂る木々に囲まれた、不気味な廃墟。建物の周囲にはバリケードテープが張り巡らされ、捜査関係者が忙《せわ》しなく行き来している。怪我人が次々と救急車に乗せられ、時折ブルーシートを被せられた死体が運び出されていく。助からなかった命もあるが、犠牲は最小限に食い止められたはずだ。

斉藤は救急隊員による応急処置を受けた。林はその隣で刑事に状況を説明した。事情聴取に当たった刑事たちは皆、この中で繰り広げられていた惨劇を知るや否や、信じられないといった表情で言葉を失っていた。

「お互い、生きててよかったな」

手当を終えた斉藤に声をかけると、斉藤は「本当に」と苦笑を浮かべた。

「これに懲りたら、真面目に働けよ」

「真面目に働こうとしてるのに、こうなってるんですけど」

腕に怪我を負っていた斉藤は救急車に乗せられ、病院へと運ばれた。念のため大きな病院で診てもらうとのことだった。

走り去る車を見送っていたところで、電話がかかってきた。

「もしもし？」

ビデオ通話だった。画面の中に榎田と佐伯の顔が映っている。二人は車の中にいるようだ。こちらに手を振っている。

『間に合ったみたいだね』

「ああ、助かった。二人とも、ありがとな」

礼を告げると、佐伯から喜ばしい報告があった。

『野田さんも無事だったんです』

「え？　生きてたのか？」

斉藤からは死んだと聞かされていたが、実は運よく逃げ延びていたらしい。

『ええ。容体も落ち着いています』

「そりゃよかった」

いくつか言葉を交わしてから、

「んじゃ、俺もそろそろ博多に帰るわ」

林は電話を切った。

刑事や榎田たちの話によると、ここは福岡市外らしい。ほぼ県境に近い場所だという。管轄外なので捜査関係者の中に重松の姿はなかったが、話を通してくれていたようだ。そのおかげで、林は早々に解放してもらうことができた。

事情聴取を終え、刑事が用意してくれたタクシーに乗り込む。後部座席のシートに腰を下ろした途端、どっと疲れが押し寄せてきた。窓に頭を預け、車内に流れるラジオに耳を傾ける。野球中継だった。世界野球の決勝戦。日本対アメリカの試合だ。負けている。

試合は終盤に入っていた。7回の裏。3点ビハインドだった日本代表チームが、4番打者のホームランにより1点差まで詰めている。

——今頃、家で大騒ぎしてるんだろうな、あいつ。

そんなことを考えながら、瞼を閉じる。疲れていたせいか、いつの間にか眠ってしまっていた。

博多に到着したのは、試合が決着した頃だった。ラジオのアナウンサーの声で目が覚めた。興奮気味に叫んでいる。どうやら日本が劇的な逆転勝利を収めたらしい。

ビルの前でタクシーを降り、事務所に帰宅する。

「ただいま」

ドアを開けると、「おかえり！」と声が返ってきた。機嫌が良さそうな声色だ。そりゃそうだろうな、とつい笑ってしまう。

馬場はソファに座り、缶ビール片手にテレビを観ているところだった。深夜のスポーツニュース。選手たちの歓喜の姿が報じられている。

「早かったね。お土産は？」

「は？」

「旅行に行っとったっちゃないと？」

お前なあ、と林は眉をひそめた。

旅行って。どれだけ大変だったかも知らないで。

「遊んできたんじゃねえよ。仕事だ、仕事」

「なんね。お土産楽しみにしとったのに」

「毎日野球観てるだけのお前と違って、俺は忙しいんだよ」

すると、今度は馬場がむっとした。「俺だって、いろいろ大変やったとよ」

そういう彼の顔にも、たしかに少し疲れの色が見える。それに、頬には切り傷が刻まれていた。仕事でヘマをしたのだろうか。

馬場の隣に腰を下ろそうとした、そのときだった。ポケットの中の携帯端末が振動した。電話がかかってきたようだ。

敵から奪った端末を、そのまま持ち帰ってしまっていた。証拠品として警察に提出するべきだったか、と後悔しながら、画面を見遣る。この番号は榎田だろう。とりあえず出てみる。「もしもし？」

『今、どこ？』

予想通り、榎田の声が聞こえてきた。

「事務所だけど」

『あ、もう帰ってたんだ』

「まあな。なんか用か？」

『ジローさんの店で日本代表の祝勝会やってるんだけど、キミたちも来ない？　馬場さんの誕生祝いも兼ねてさ』

「……え？」

――誕生祝い？

知らなかった。

電話を切り、隣の男に声をかける。「なあ、馬場」

「ん？」

「お前……今日、誕生日なの？」

馬場はきょとんとした顔で首を傾げた。壁に掛かったカレンダーを見て、それから時計に視線を移す。今は夜の十二時半。日付はとっくに変わっている。

「……あっ」

馬場が声をあげた。

「今日、俺、誕生日やん」

すっかり忘れとった、と笑う。

「今、みんなジローの店に集まってるらしいけど、俺らも行くか？」

榎田の伝言を伝えたところ、馬場は「うーん」と考え込んだ。

しばらく悩んでから、「いや、よか」と首を振る。

珍しいな、と思う。自他ともに認めるお祭り野郎のこの男が、飲み会に参加しないなんて。

その理由は、

「ちょっと疲れとるけん、家でゆっくりしたいっちゃん」

とのことだった。ソファの背もたれに体を預け、馬場が言う。「行きたかったら、リンちゃん一人で行ってきてよかよ」

「……いや。俺も疲れたから、いいや」

家でゆっくりしたいのは自分も同じだった。さすがに今はどんちゃん騒ぎをする気分ではない。

「なんか腹減ったね」

「コンビニでケーキでも買ってきてやろうか？」

「よか。甘いもの好かんし」

「なら、カップ麺でいっか」

「やね」

戸棚から二人分のインスタントラーメンを取り出し、湯を注ぐ。

「ほら、おめでと」

と、その片方を馬場に差し出す。

受け取り、彼は小さく笑った。「ありがと」

三分が経った。蓋を開け、麺をかき混ぜる。

ケーキも蠟燭《ろうそく》もない。ただ豚骨の匂いが漂う部屋で、カップラーメンを啜るだけの味気のない誕生日だが、馬場はなんだか楽しそうだった。満面の笑みで「いただきます」と手を合わせる。

スープを啜り、

「……長生きしたかねぇ」

ふと、馬場が独り言のように呟いた。

贅沢《ぜいたく》な願いなのだろう。自分たちのような人間にとっては。望んではいけないことなのかもしれない。

きっと馬場だって、それをわかっている。

以前の自分なら、なにを馬鹿なことを言ってるんだと嗤っていたかもしれない。殺し屋が甘ったれたことを言うなと。

けれども、その愚かさを、今はもう否定することができない。

毎年、ひとつ歳を重ねる。ただそれだけのことが、これからもずっと続けばいいと思う。

「そうだな」

林は頷いた。

ヒーローインタビュー

バー【Babylon】を訪れた馬場と林を、店のマスターが満面の笑みで出迎えた。ジローはいつもニコニコしているが、今日はより一層ご機嫌な様子だった。

その理由はすぐにわかった。カウンター席に腰を下ろした馬場に、「はい、これ。馬場ちゃんへのプレゼント」と、ジローが包装紙に包まれた箱を渡す。

「うふふ、誕生日おめでとう。ちょっと過ぎちゃったけど」

数日前、ひとつ歳を取った。自分にとってはどうでもいいことでも、こうして人から祝ってもらえると嬉しいものだな、と改めて実感する。馬場は「ありがとね」と目を細めた。

「チームのみんなで、お金を出し合って買ったのよ」

「そうなん？　なら、みんなにお礼言わないかんね」

隣に座っていた林が「開けてみろよ」と促す。

馬場は包装紙を破いた。いったい中身は何なのだろうか。期待に胸を膨らませながら、箱を開ける。

「おお！」

思わず声をあげてしまった。

箱の中には、真新しい野球のグラブが入っていた。それも、有名メーカーの内野手用の最新モデル。デザインも自分好みだ。

「グローブやん！　かっこよかぁ！」

「このモデル、馬場ちゃん欲しがってたんでしょ？」

ジローが片目をつぶった。

たしかに、その通りだ。このグラブは前々から気になっていたモデルだった。しかしながら、ジローにそのことを話した覚えはない。

不思議に思い、馬場は尋ねた。「なんで知っとーと？」

「林ちゃんから聞いたのよ」

そう言って、ジローは林の方に首を傾けた。

隣の男に視線を移すと、

「お前、こないだ試合観ながら言ってただろ。『あの選手が使っとるグローブ、かっっこよかぁ』って」

と、林が答えた。

こないだの試合——記憶を振り返る。ドームに試合を観に行った、あの日か。そういえばあのとき、たしかにこのグラブについて言及した。イニング間のボール回しの最中、大型のスクリーンに映し出された選手。その着用しているグラブがなかなか良いデザインで、馬場は思わず口にしたのだ。『かっこよかぁ』と。あの発言から、このプレゼントを選んでくれたというわけか。

「覚えとってくれたと？」

訊けば、「まあな」と林が得意げな顔で返す。

「ありがとね、リンちゃん」

馬場は微笑んだ。林は目を逸らし、「どういたしまして」と呟いた。

「それにしても、よくこのグローブってわかったね」

「たしかに。メーカーとか型番とか、どうやって調べたの？」

馬場とジローが揃って首を傾げると、林は「なにを言ってるんだ」と言いたげな表情で答える。

「うちのチームにいるだろうが、そういうの調べるの得意な奴」

そういえばそうだ。盲点だった。榎田の手にかかれば、どこのメーカーのどのモデルの商品かなんて、突き止められないはずがない。

「ありがとう。大事に使うけんね」

馬場はグラブを左手にはめた。何度か叩いて手に馴染ませながら、「球春が待ち遠しかねえ」と思いを馳せる。これを使って、早く野球がしたい。ボールを投げて、捕って。また、みんなで試合がしたい。

そのとき、店のドアが開いた。二人の客が入ってくる。斉藤と佐伯だった。ジローが「あら、いらっしゃい、お二人さん」と声を弾ませる。

入り口を振り返り、林が手を上げた。「よう、この間はお疲れ」

という林の言葉に、佐伯が「その節はどうも」と軽く会釈をした。斉藤が「大変お世話になりました」と苦笑を浮かべる。

三人の会話にジローが割り込む。「やだ、何の話？」

「まあ、いろいろあったんだよ」

「ちょっと、聞かせなさいよ。あっちでみんなで話しましょ」

というジローの一言で、ボックス席に移動することになった。

飲み物を手にスツールから腰を上げた瞬間、

「あ、馬場さん」

と、斉藤に呼び止められた。

「ん？」

「落としましたよ」

斉藤が屈み、なにかを拾っている。

写真だ。

あの日、不破雅子から渡された一枚。そういえば、あれからずっと上着のポケットに写真を入れっぱなしにしたままだった。「ああ、ありがと」

写真を拾い、馬場に手渡そうとした、そのときだった。

「この人……」写真をじっと見つめたまま、斉藤が呟く。「どこかで見たことある気が……」

「え？　ほんと？」

馬場は斉藤に詰め寄った。

「どこ？　どこで見たと？」

両肩を摑み、小声で尋ねる。斉藤は「うーん……どこだったかな……」と唸り、記憶を呼び起こしている。

しばらくして、

「――あっ、思い出しました」

彼は予想もしない言葉を告げた。

「入社式です」

GAME SET

あとがき

これまでと一味違う感じにしたいなと思いまして、この12巻では新しい構成に挑戦してみました。始球式↓裏の回↓表の回↓ヒーローインタビューと時系列が進んでいきます。この順番で読み返すとまた別の楽しみ方ができるかもしれませんので、興味がありましたらぜひお試しくださいませ。

9巻から続いたシーズン3も本作で終了し、これから最終シーズンに入っていくことになりました。その流れで、今回のお話では大きな出来事が起こっています。この展開は前々から決めていたことだったのですが、ずっと彼（彼ら）を応援してくれていた方には本当に申し訳ないなと、書いていて心が痛かったです。悲しませてしまったらごめんなさい……。

このシリーズをあと何巻続けられるのか、最終章をどんな内容にしていくのか、今の時点で自分でもまったくわからない状態でございます。ここまで長く続けることができたことに感謝しつつ、どうしようかと頭を悩ませているところです。正直不安ばかりではありますが、読者さまに「最後まで追いかけてきてよかった！」と思っていただけるよう、誠意をもって作品やキャラクターと向き合い、最善で最高のラストを考えていこうと思います。ということで、どうか引き続き応援していただけますと嬉《うれ》しいです。

最後にお知らせを。

博多《はかた》豚骨《とんこつ》ラーメンズのスピンオフ作品『百合《ゆり》の華には棘《とげ》がある』が発売中でございます。本シリーズにも登場する殺し屋・小百合《さゆり》が主人公で、強くたくましく美しい女性バディが悪い奴らをボッコボコにしていくお話です。「博多豚骨ラーメンズの最終巻から五、六年後」を想定した世界観ということで、ちょっと大人になった松田《まつだ》家の坊ちゃんも登場いたします。超絶かっこよく大活躍しますので、ぜひぜひ本作と合わせて楽しんでいただけますと幸いです。どうぞよろしくお願いいたします。

木崎《きさき》ちあき

<初出>
本書は書き下ろしです。

この物語はフィクションです。実在の人物・団体等とは一切関係ありません。

【読者アンケート実施中】

アンケートプレゼント対象商品をご購入いただきご応募いただいた方から抽選で毎月3名様に「図書カードネットギフト1,000円分」をプレゼント!!

https://kdq.jp/mwb

パスワード
3v257

■二次元コードまたはURLよりアクセスし、本書専用のパスワードを入力してご回答ください。

※当選者の発表は賞品の発送をもって代えさせていただきます。 ※アンケートプレゼントにご応募いただける期間は、対象商品の初版(第1刷)発行日より1年間です。 ※アンケートプレゼントは、都合により予告なく中止または内容が変更されることがあります。 ※一部対応していない機種があります。

◇◇メディアワークス文庫

博《はか》多《た》豚《とん》骨《こつ》ラーメンズ12

木《き》崎《さき》ちあき

2023年2月25日　初版発行
2024年12月10日　4版発行

発行者　山下直久
発行　株式会社**KADOKAWA**
〒102 - 8177　東京都千代田区富士見2 - 13 - 3
0570-002-301（ナビダイヤル）
装丁者　渡辺宏一（有限会社ニイナナニイゴオ）
印刷　株式会社KADOKAWA
製本　株式会社KADOKAWA

※本書の無断複製（コピー、スキャン、デジタル化等）並びに無断複製物の譲渡および配信は、
著作権法上での例外を除き禁じられています。また、本書を代行業者等の第三者に依頼して複製する行為は、
たとえ個人や家庭内での利用であっても一切認められておりません。

●お問い合わせ
https://www.kadokawa.co.jp/（「お問い合わせ」へお進みください）
※内容によっては、お答えできない場合があります。
※サポートは日本国内のみとさせていただきます。
※Japanese text only

※定価はカバーに表示してあります。

© Chiaki Kisaki 2023
Printed in Japan
ISBN978-4-04-914891-6 C0193

メディアワークス文庫　https://mwbunko.com/

本書に対するご意見、ご感想をお寄せください。

あて先
〒102-8177　東京都千代田区富士見2-13-3
メディアワークス文庫編集部
「木崎ちあき先生」係

◆◇◇

おもしろいこと、あなたから。

電撃大賞

自由奔放で刺激的。そんな作品を募集しています。受賞作品は「電撃文庫」「メディアワークス文庫」「電撃の新文芸」等からデビュー！

上遠野浩平（ブギーポップは笑わない）、
成田良悟（デュラララ!!）、支倉凍砂（狼と香辛料）、
有川 浩（図書館戦争）、川原 礫（ソードアート・オンライン）、
和ヶ原聡司（はたらく魔王さま！）、安里アサト（86－エイティシックス－）、
瘤久保慎司（錆喰いビスコ）、
佐野徹夜（君は月夜に光り輝く）、一条 岬（今夜、世界からこの恋が消えても）など、
常に時代の一線を疾るクリエイターを生み出してきた「電撃大賞」。
新時代を切り開く才能を毎年募集中!!!

電撃小説大賞・電撃イラスト大賞

賞（共通）
大賞……………正賞＋副賞300万円
金賞……………正賞＋副賞100万円
銀賞……………正賞＋副賞50万円

（小説賞のみ）
メディアワークス文庫賞
正賞＋副賞100万円

編集部から選評をお送りします！
小説部門、イラスト部門とも1次選考以上を
通過した人全員に選評をお送りします！

各部門（小説、イラスト）WEBで受付中！
小説部門はカクヨムでも受付中！

最新情報や詳細は電撃大賞公式ホームページをご覧ください。

https://dengekitaisho.jp/

主催：株式会社KADOKAWA